蓝土地
林慷慨 主编

瓯江船殇

叶海星 著

春风文艺出版社
·沈阳·

图书在版编目（CIP）数据

瓯江船殇 / 叶海星著；林慷慨主编. —沈阳：春风文艺出版社，2023.12
ISBN 978-7-5313-6574-7

Ⅰ.①瓯… Ⅱ.①叶… ②林… Ⅲ.①中篇小说—小说集—中国—当代②短篇小说—小说集—中国—当代 Ⅳ.①I247.7

中国国家版本馆 CIP 数据核字（2023）第 217108 号

春风文艺出版社出版发行
沈阳市和平区十一纬路 25 号　　邮编：110003
四川科德彩色数码科技有限公司印刷

责任编辑：韩　喆　周珊伊	责任校对：陈　杰
装帧设计：书香力扬	幅面尺寸：145mm×210mm
字　　数：167 千字	印　　张：7.125
版　　次：2024 年 6 月第 1 版	印　　次：2024 年 6 月第 1 次
书　　号：ISBN 978-7-5313-6574-7	定　　价：48.00 元

版权专有　侵权必究　举报电话：024-23284391
如有质量问题，请拨打电话：024-23284384

[序]

船上的血痕与历史的记忆

杜光辉

三亚的深秋,收到叶海星先生的小说集《瓯江船殇》,我对这个蕴含悲惨元素的书名产生了兴趣。小说是生活和心灵相互映照渗透的产物,也是作家通过对外界事物与历史事件的洞察、剖析,向世界宣告自己的认知。无数双观察历史与现实的眼睛,所站的立场不会完全相同;无数颗思考历史与现实的大脑,也不会得出完全相同的结论。这与作家立场、睿智观通有极大的关系。

近代史上的中华民族,饱受列强炮艇快枪的攻击,多少入侵者的铁蹄踩躏着中华大地,使我们的国家遍体鳞伤。即使到了今天,愈合的伤疤里还蕴含着无穷无尽的屈辱;即使到了今天,多少贪婪的眼睛还窥视着这个公鸡状的版图,都能听到磨刀的霍霍声。

遗忘的历史等于没有历史,没有历史的民族不会有发展的内蕴。

有人认为一个民族对仇恨的记忆不会超过三代,有民族大义

瓯江船殇

的作家应该用自己的笔记载本民族所受的奇耻大辱，警示后人，避免后人再受前辈所受的耻辱与灾难。

我们在小说集《瓯江船殇》里读到这种记忆。

叶海星介绍了创作中篇小说《血染拓碌河》的初衷，他十年前听朋友讲当年抗日战争时期，一名日本司令官江波虎（译名），在视察海南日军黄流机场时，被黎族小伙子用火铳射杀身亡。第二天，日军"扫荡"事发地的官房村，一百多名村民惨遭日军杀害，并被抛进水井掩埋。这件事对他刺激很大，使他有了把这个惨无人道的事件写下来的冲动。这篇小说是在真实素材的基础上写就的。

中篇小说《瓯江船殇》同样取材于历史的真实事件。抗日战争时，日军抓来三十余艘船，满载石块，凿沉在温州瓯江口附近海域，设桅礁阻止来往船只通行。中华人民共和国成立后，一艘运送解放军战士和家属的渔船经过该航道时，不幸触礁沉没了，牺牲了几十人，小说愤怒控诉了日寇的罪行。

小说集里还有《让子弹消失》，抒写了一个青年渔民遭受了战争的残酷，心爱的人在战争中消失，因而对战争产生了抵触。一场战斗结束后，他发现多箱被交战双方遗留的子弹，就把子弹埋藏起来。

我从小说集《瓯江船殇》读出了下面的感受：

真正意义的写作是为了劝善。

真正意义的阅读是为了谋善。

叶海星的小说《征地》书写了城市化进程的征地，多少土地拥有者，或者土地负载物的拥有者，面对终生都难以挣到的巨额补偿款，表现出了人生百态。有人为了多拿槟榔树的赔偿款，在征地之前抢栽树苗等等，阿爸却放弃了这个难得的发财机遇……

小说告诫我们，不贪婪是种美德，是种修行，是种品节。

有学者认为，作品是一个作家的气节，文学是一个民族的气节。

有气节的作家绝对不会让本民族所受到的屈辱在历史记忆中消失，他们在自己的作品中用金刚石的硬度镌刻下永不磨灭的记忆，就像前边写的，目的是警示我们民族不再经受同样的灾难和耻辱。

叶海星在《后记》里写道："我写文章，必须有生活素材做基础，否则，随意杜撰不出来，写起来也不真实，既不打动自己，也难以感动别人。唯有来源于生活，高于生活，才能写出好作品。"

他对小说创作的经验之谈，否认了想象力在文学创作中的作用，或许得不到很多作家的认可。但是，我们的祖宗有句老话，杀猪杀屁股，各有各的办法，笨拙也好，灵巧也好，只要把心里的意愿表达清楚就好。

叶海星有自己的企业，他的写作完全是爱好，是他对世界的发言。在文学成为一个产业的今天，文学创作与房地产业的差别越来越小，写作者把写作作为一种投资，争先恐后地跻身富人榜的时候，叶海星这种毫无商业价值的写作就弥足珍贵了。

陀思妥耶夫斯基说，一个人，无论他是谁，都喜欢做他愿意

瓯江船殇

做的事，而根本不喜欢理性与利益命令他做的那些事；他愿意做的事也可能违背他的个人利益，纯粹属于他自己随心所欲的愿望，纯粹属于他自己的哪怕最刁钻古怪的恣意妄为，有时被刺激得甚至近乎疯狂的幻想——这就是那个被忽略了的对个人最有利的利益，也就是无法归入任何一类，一切体系和理论，经常因它而灰飞烟灭的利益。所以这些贤哲有什么根据说，每个人需要树立某种正常的、某种品德高尚的愿望呢？他们凭什么认定每个人必须树立某种合乎理性的、对自己有利的愿望呢？一个人需要的仅仅是他独立的愿望，不管达到这独立需要花费多大代价，也不管这独立会把他带向何方。

叶海星就是这样写作的。

托尔斯泰说过，人类不容置疑的进步只有一个，这就是精神上的进步，就是每个人的自我完善。人类如果没有内心的精神上的提高，那么徒有外部体制上的改革，也是枉然的。

叶海星的写作就是为了自我的完善。

小说集《瓯江船殇》的写作完成了，这是叶海星向书籍的江河大海投出了一个漂流瓶，不可预知它会漂流到什么地方，它会被什么样的眼睛发现、什么样的手捡拾呢？这些都不重要，只要一个人用自己最大的诚意、能力和勇气去写，他就是在创造自己、完美自己、提升自己、拯救自己。有个学人这么说："他们即使身处困境，只要握牢手中这支笔，他就拥有破冰的镐、自救的绳索。"

康德说过："有两种东西，我对它们的思考越是深沉和持久，它们在我心中唤起的惊奇和敬畏就越日新月异、不断增长,这就是我头上的星空和心中的道德定律。"

我想,叶海星在小说集《瓯江船殇》里展示的就是头上的星空和心中的道德律令。他的星空就是自己所处的世界,他的心中是道德律令,他把世界和道德律令完美地结合在一起了。

序作者系海南省作家协会原副主席,一级作家,中国作家协会会员,海南省优秀专家,中国作协2018年、2019年、2021年咨询专家,中国环境文学委员会委员,海南热带海洋学院教授,海南省文学研究基地主任。

目录
CONTENTS

让子弹消失 / 001

瓯江船殇 / 040

血染拓碌河 / 087

征　地 / 207

后　记 / 213

让子弹消失

一

一九五一年冬天。

铅厚的乌云，裹挟着西北风掀起层层浊浪。

十几只小舢板，犹如一片片秋后的柳叶儿，摇摇晃晃地往棺材岙漂去。这种恶劣天气对渔民而言，早已司空见惯，习以为常了。离家越来越近了，这儿是生命的港湾、人生驿站。

海边聚拢了一群男女老少，翘首以待，目视着小舢板靠近沙滩，纷纷拿箩抬筐，帮忙卸货。欢快热闹的场面感染了每个人——这是每天每个渔民和家人最开心和最幸福的时刻。

清晨出海捕鱼，黄昏收网归来；日复一日，年复一年。渔民凭借着多年的经验，观天气，识潮汐。每次出海均有收成，亦相安无事。万一遇上台风，那全凭自己的本事和造化了。

许洋未等父亲的小舢板靠岸，就挽起裤脚下水了。从船头抓起缆绳，用力一拖，小舢板稳稳地停靠在沙滩上。他从父亲手中接过一箩筐鲜鱼，蹚水上岸。忙完了自家这边的活儿，便帮助海花父亲卸渔货。

五六名村妇，人手一篮鱼；健步如飞，爬上坡不见了；上街抢个头鲜，卖个好价钱。

每次讨海归来，父亲总习惯把大鱼挑选出来拿去卖。除非逢年过节、拜祖或接待客人，才留几条大鱼自用。遇上阴雨天，则把鱼用盐巴压成咸鱼；天时好，晒干。正如俗语所言：

卖草席睡椅，

卖衣穿蓑衣，

卖鱼吃鱼仔。

父亲有个心愿，省吃俭用，攒下一笔钱，今后送两个儿子去私塾读书。否则，摔倒不知"爬"字怎么写，变成瞎眯牛，害了他们一辈子。将来还要给他们讨媳妇生孙子，都需要花钱。

许洋知道父亲的脾气，挑了十几斤带鱼和黑鲳，放在一个篮子里；海花也捡了七八尾鳗鱼和五六只螃蟹，放进一个小竹筐。

"你们路上小心，趁早快去快回！"父亲嘱咐道。

父亲让许洋挑鱼到北岙街集市，卖了换些柴米油盐。许洋应声知道了，抓根扁担，双头往篮筐一挑，抬起鱼便走。海花跟在身后。

棺材岙，原名观潮山。远看像是一副寿棺而得名。因山道崎岖难行，被外人称作棺材岙。意喻走一趟这里，不小心摔下山崖丢命。尽管在人们的心目中名声欠佳，而村里却是另外一番风景。

它地处洞头岛东部，四面环海，由两座二百多米高的山峰组成。山不在高,险峻出名。两座山之间有一个岙口,七八间房屋散落在那一片茂盛的树林里。村里鸟语花香,夜不闭户;与世无争,宛如世外桃源。

许洋和海花是邻居,两个人从小穿着开裆裤一起长大,从童年的两小无猜到青春期的懵懵懂懂。海花父亲下海,山上总有一些农活。耕田种地,收割萝卜青菜;挑水担粪,又苦又累。许洋总是热心帮忙,任劳任怨。海花投桃报李,对许洋萌生了一份少女的情怀。

两个人爬上一段狭窄的山路,又拐过一道陡坡,来到了半山腰。望见对面桐桥山脚下,有十几个人急匆匆往海边赶来。

桐桥山通往棺材岙之间有一条海沟,宽仅十几米,当地人叫作"跳水沟"。退潮时,露出一片沙滩。村民则利用这段时间,外出办事,到对岸忙农活,到海边打藤壶捡螺抓螃蟹。涨潮时,大伙就回村,海水灌满了海沟。这些海水,诚如一道天然屏障,阻断棺材岙与外界联系,自成一方。

海花眼尖,认出了这些人:"国民党来了。"

许洋说:"昨天听阿爸说,桐沙港停泊着好几艘炮艇,几百号士兵住在桐沙村。他们被解放军打败了,从洞头港逃过来的。"

"老是打仗,每次打仗都死了很多人。"海花说。

"我也不知道,大人们为什么总喜欢打仗。"许洋说。

又走了几步,两个人愣怔着站在那儿,进退两难……

这些是国民党侦察兵,有十几人。由周中尉带队,桐桥村李保长引路。中尉站在沙滩上,仰视着眼前这座突兀耸立的山岭:

它左边是海,右边呈七十几度斜角,一条羊肠小道紧贴着悬

瓯江船殇

崖峭壁从海边延伸至山顶,宛如一条蟒蛇盘旋在半山腰。山脚下怪石狰狞,犬牙交错,波浪翻滚,令人望而生畏。然而,只有通过这条唯一的小路,才能前往棺材岙。

中尉暗忖道:上司派他来实地探察,把棺材岙作为在洞头的最后一座战斗堡垒,自有其高明之处。这里,进可攻,退可守——实乃兵家必争的军事要塞。

几名士兵迈上十几步台阶,中尉发现半山腰有两个人准备下来,马上制止道:"等等,让上面那两个人先下来,要不大家卡在半山腰,危险。"

保长把双手拢在嘴边当喇叭,扯开嗓门喊道:"小孩儿,你们先下来,我们再上去。"

许洋听见了,心里犯嘀咕:他们会不会抢我的鱼?

两个人怀着忐忑的心情下山了。

中尉对许洋挑的鲜鱼视而不见,反而对侧身而过的海花来了兴趣,双目顿时炯炯发亮。

海花芳龄十六岁,穿着一条黛蓝色面料的冬衣,领口处露出粉红色内衫。也许是衣服太小,紧绷着身子,反而让苗条的身材更丰满。脑后扎着一条长辫子,用一段红绒线扎着。脸颊像是涂了胭脂,白里透红,素颜却也迷人。

中尉扯了扯保长的袖子,附在他耳边悄声道:"在这么偏僻的渔村,竟有如此标致的姑娘!"

"中尉如有兴趣,我可穿针引线。"

"如今兵荒马乱的,"中尉嘿嘿干笑了几声,"哪有心思谈这个。"

众人拾级而上,羊肠小路堪称登天之梯。中尉每走一步,都要格外小心。有一士兵踏到一块石子,他扬脚一踢,石子骨碌一下滚下山崖,令人不寒而栗。

中尉不禁倒吸一口气:"'蜀道难,难于上青天''一将当关,万夫莫开'。共产党纵有千军万马,也难于越过这道天险。看来,今后的战斗是激烈而残酷的!凶猛而持久的。"

二

屋外两只鹅一大早就叫唤个不停,小鸟在窗边叽叽喳喳喧闹着。

许洋被吵醒了。他穿上衣服,到厨房打盆水,洗了脸,手一抹,挑起一副木桶,准备到后山沟挑水。

冬日少雨,天气开始寒冷起来。如果不趁早去,往往要排队等水耽误事。尽管他每天也没有什么正儿八经的事要做,除了在山上干一些农活之外,最多等退潮后到海边捞点海货。

他十七岁,个子和成人一般高大,却长着一张娃娃脸。穿着一件黑色粗布衣,两边肘部已用灰色布条打了补丁;显然短了一些,贴在腰间;恐怕穿了好几年,布色已褪,变淡了。一头茂密的短发,让人想起路边的那一丛丛芒草;浓黑的眉毛往眼角处弯下来,时不时随着眨眼而上下跳动;嘴唇上方,长着一道算是胡子的绒毛;宽阔的下巴,给人留下坚毅的印象;他挽着裤脚,穿的那双黑鞋,拇指把布面捅破露了出来。

他前脚才迈出大门槛,便发现山下的岙口停泊着几艘国民党军登陆艇,"青天白日旗"在微风中飘舞着。

一队队全副武装的士兵从船舱里鱼贯而出。一群劳工把一袋袋大米，用大铁桶装的食用油、钢筋、水泥、木头和各种兵器，好似蚂蚁搬家般悉数排满沙滩。颇有一种长期驻军和打持久战准备的架势。

岸边一侧，还站着几名穿着旗袍的妇女，几个穿戴整齐的孩子和几只乌黑锃亮的大皮箱。海面上，停泊着几艘军舰。

许洋三两步跑到隔壁的海花家。

海花在煮地瓜粥，蹲在土灶前把风箱抽拉得哐哐响，火光映照着她的脸变得通红。屋里白烟弥漫，飘着一股浓浓的番薯和大米煮熟的芳香。

"海花，你快出来看，海边尽是国民党兵。"

海花随声走到门口，往树底下瞅过去。几十个扛着物资的劳工从岙口的小路上来，几个士兵荷枪实弹在拍打村民的大门。七八个渔民从屋里出来，加入了搬运物资的行列。

邻近的几个小孩儿跑过来看热闹，瞧了一眼，就反身回去，可能是告诉父母这里发生的事。

"国民党又打败仗，躲到我们这里来了。"海花说。

"我看是。"许洋说。

两个人正议论着，引起了一个士兵的注意。

"喂喂，高个子的，过来！"士兵瞧见许洋挑着空水桶站在一旁看热闹，用手里的枪指着他，大声呵斥，"快过来，一起搬东西！"许洋一时手足无措，傻傻地站在那儿。"看什么，快去海边搬东西。"士兵显然恼怒了，一甩枪托，许洋屁股挨了一记，才回过神来。他放下水桶，被士兵带走了。

一队士兵带上铁钎、铁锤、绳索等工具，开始挨家挨户把门窗等能拆的都拆了，让劳工搬到山上筑工事。一些村妇和儿童站在一旁观看，呆若木鸡，谁也不敢吭声。

中午，五六十个村民，站在许家门口的那棵有百年历史的桑葚树下集中。

半空中飘荡着一层层浓云，压抑着人们呼吸困难。桑葚叶已掉光，树枝末梢在寒风中微微颤抖着直刺云霄，仿佛要捅破这层灰沉沉的云团。

许家是一幢带有天井的大五间房屋，前后左右住有六七户人家，都是亲堂辈分的。国民党军士兵有三十几人借宿在这里。几户人家腾出几间空房，然后几家人勉强挤在一起。

几名士兵持枪在四周警戒。中尉站在大树底下，青壮年面向他站在中间，老弱妇孺站在一边。

周中尉，二十二三岁，一身军装，英俊威武。腰系手枪，足蹬皮鞋，与眼前这些衣衫不整的村民形成了鲜明对照。

"各位乡亲，不要害怕。我们准备长期在棺材岙驻扎下来。今后，将在这里兴建学校，让孩子们有书读；购买渔船，出洋捕捞大鱼，以改善大家的生活条件。如今因为战备需求，打扰大家了。"中尉环视四周，众多村民无精打采，低垂着头，似乎无视他的讲话。

"从明天开始，棺材岙实行军事管制。你们出海捕鱼，必须持有我军发行的通行证。短则一两天，长则三五天。有人外出办事或回村，也需要持证方能进出，否则就算违法。轻则鞭打，重则枪毙。现在，青壮年分成三组，每组十二人，各自任务分工不同。有挖战壕的,有搬运弹药的,有负责端水送饭及其他事务的。常言道,没钱吃个肚子圆。为我们办事,铜板大洋虽然没有,可是大米饭管吃饱。"

他的话引起下面一阵哄笑。这年头,吃饱大米饭也是一件幸运的事。最起码,填饱肚子不挨饿。

在中尉的指挥下,青壮年自觉地站成三排。许洋分配在第一组,搬运弹药。海花分在第二组,和村里几个大姑娘负责到后山沟挑水、帮助士兵洗衣服等杂务活。

三

几天后的一个下午,海花挑着一担水。几个姐妹都比她岁数大,力气也大,挑着水往前走了,将她落在后面。

三四个巡逻兵路过,两只水桶堵住了去路。

一个士兵说:"小姑娘,累了吧,哥哥帮你挑水?"

海花羞涩的脸色好比身上穿的红衣服。她摇摇头,低声说:"不用了。"士兵们听着,嘻嘻哈哈地笑了起来。海花私下里嘀咕着:"呸,吊儿郎当的大兵,不是你们来,我才懒得挑水。还取笑我,嘴巴不怕咧歪啦?"

走在后面的中尉看见了,对士兵故意做了一个恼火的手势:"你们先回去吧。"

士兵们偷偷掩嘴一笑,绕过水桶,走远了。

海花刚想拿起扁担,中尉却抢在她的前面,二话没说,把扁担往肩膀上一放,挑起水走了。

"不用你挑!"

中尉扭过头来，看她一脸的愠色，歉意地说："让你辛苦了！你别生气，他们几个逗你玩，开玩笑的。等下回去，我狠狠教训他们一顿。"

海花听了，懊恼的心情才缓和了几分，"不用麻烦你了，别人看见，会取笑我的。"

"让别人去笑吧，干你的事！"中尉双手搭住前后桶绳，脚步稳健；一副水桶搁在肩上，好似挑着一担棉花，有种轻飘飘的感觉。

"你是哪里人？"海花问。

"我是福建厦门的。你们这里的人都讲闽南话，我也讲闽南话。"中尉答。

路边有几个村民在田间劳作，瞥了他们一眼，又埋头干活。两只麻雀旁若无人地站在枝头跳跃着，"叽叽喳喳"叫了几声，飞走了。

"这些天来，我发现你们的生活太苦了。况且，像你这么大，还不曾读书。不读书，不识字，会变成傻瓜，很可怕的。"中尉说，"等战事一结束，我带你回厦门，供你读书。"

海花低垂着头，用手指捻着身后的长辫子。听了中尉的这句话，不管是真心，还是假意，都让她心里一团热乎。"我不去厦门。"话里虽带有拒绝的口气，脸上却依然荡漾着笑意。

"我中学毕业后去参军，因表现优异，被选送到军校学习。后来多次参加与共产党的作战。不怕你笑话，真是屡战屡败。从长江以北，退到长江以南；从温州，退到洞头。其结果，退到棺材岙。在这里，让我紧绷的神经终于轻松了一些。否则，整天想着战事，会让人患上神经衰弱综合征的。说实话，我很疲劳和焦躁。我恨不得脱下这身军服，像一个普通渔民，过安稳平常的生活。"

讲话间，再过一道农田，便到家了。可是，中尉并不想走得那么快。他看看腕上的手表，觉得还有时间，想与海花多聊一会儿。两个人相处，忙里偷闲，机会难得。

中尉停下脚步，放下扁担。他取下大盘帽，托在手上。另一只手从裤兜里掏出一方手帕，擦了一下脸上的汗水。

"久不劳动，一干活就累，一累就出汗！看来，平时要加强锻炼。"稍停，他故意岔开话题，"你会唱歌吗？"

"不会，就会几句歌谣。"

"那你念给我听听，好吗？"

"我念得不好听。"海花略一思忖，念道：

> 新春三月杏花开，
> 姐在房中望窗外；
> 只盼情哥日日来，
> 花开一朵蜜蜂采。

"好一句'花开一朵蜜蜂采'。海花，你天资聪慧，似一块璞玉，天然去雕琢。"中尉从外衣口袋里取出一瓶罐头，递给她，"你尝尝。"

海花胆怯，不敢伸手，这使她很窘迫和尴尬。在她的记忆里，除了和许洋情同手足、打情骂俏之外，还不曾收取过任何一个男子的礼品。

中尉微笑着向她点头，海花才怯怯地接了过来。中尉的笑容太有魅力了。双目眯起，嘴角上扬，露出一排白牙，让人怦然心动而无法抗拒。

"这是几天来，你帮我洗熨衣服的奖励！"

中尉的军服，每日换用都是海花给洗的。中尉有个随军带的熨斗，内装火炭。他教了一次海花如何熨衣服，海花看了，就明白了。中尉身上穿的这套笔直挺拔军装，就是出自海花灵巧之手。

"你们有文化的人讲究。"

海花害羞不敢抬头看中尉，但全身都可以感触到，中尉那双火辣辣注视自己的眼神。

四

傍晚，海花和许洋坐在海边的一块大礁石上，眺望着海上几艘渔船渐渐远去。两人坐了许久，似乎各自都在想着心事，久久不说一句话。良久，还是海花打破这种难堪的沉默。

"阿洋，你在想什么？"

"我想——"许洋迟疑片刻，抱怨地说，"大兵来了，我们的日子就不好过了。他们打仗，关我们什么事？叫我们挖战壕，扛子弹，还有什么乱七八糟的事。"

海花静静地听着，从跳水沟那边传来海水拍岸的声响，时缓时急。

"我下午搬弹药，看见国民党士兵把岙口的一些小舢板牵拢在岸边,还在跳水沟的半山腰和山顶挖了好几道战壕。山坡那条小路,也用铁丝网围住,堵上木架桩。只留一个小门,让人进出。"

"看来,要打仗了,我很怕。"海花攥紧许洋的手,生怕一旦松手,就给弄丢了。

"你怕什么?"

"一旦打仗,你要扛子弹到前线,万一子弹不长眼——"

"你不用担心,我不怕。"许洋反而把海花的双手拽得更紧了,可以感触到她急促的心跳,"要不,我们偷偷跑了,让他们找不到我们,你也不用帮他们挑水洗衣服了。"

"我们跑哪里?就那条小山路,他们都堵了;摇小舢板,也太显眼。他们有什么望远镜,还有炮艇。如果被抓,那就枪毙了。我看,我们还是忍一忍,等待时机。"

"那好吧,听你的。"许洋说,"今天早上,中尉叫我到路口认人。如果是咱村的,让我点点头;不认识的,就不让进村。有一个挑着糖儿糕饼的卖货郎,他来村里好几回了,我认得他。说是咱村的,其实不是了。可是,他过岗哨时,我还是点点头,士兵让他进来了。"

海花忆起,这个卖货郎她也认识。三十几岁,个子不高。每次到村口,手里一边摇着一把小拨浪鼓一边吆喝着:"卖糖儿糕饼!"

他的叫喊声,在村里久久回荡着,很有穿透力和诱惑力。传入了孩童们幼稚又敏感的耳膜,他们从四周纷纷围拢过来。做父母的除了摸出几个铜板,更多的是用几尾鱼干什么的换些东西,让儿女解馋。

提起"解馋"二字,海花立即想起了一件事。

"对了,我这里有一瓶罐头,中尉送的。我给他衣服烫得好,奖励的。"海花从身后像变戏法似的亮了出来。

许洋接过罐头,端详一番。他是第一次看见这个东西,装在铁皮里,不烂不臭。那一排排大小汉字,让他迷惑不解。他如同在看天书,一字不识,一窍不通。他苦笑地摇摇头,想起家里的酱鱼生,放在陶瓷罐里。那是生吃,味道估计没有这般好。

"他给的,我不吃。"许洋说,把罐头推给了海花。

"人家好心好意送的,你就吃一口尝新嘛。怕什么,又不会放毒药。"

海花本想把中尉让她去厦门读书之事讲了,可话到嘴边,又忍住了。她怕引起许洋的误解和猜疑,发现她对中尉一表人才心生钦慕之情,因此内心的那份平衡,仿佛被搅乱了。然而头脑深处,始终有一根弦在时刻暗示和提醒她。中尉只不过是来这里的一个兵,过眼烟云,随时随地可能离开棺材岙抛下她,形同陌人。

也许是手中的罐头太有吸引力了,还是许洋的好奇心在作祟。他见盖上有个小拉环,手心一痒,用拇指一扳,食指一扣,铁皮盖儿便被掀开了。一股香喷喷的肉味儿直冲鼻孔和脑门,让人垂涎三尺。

一瓶午餐肉,色香味俱全。

海花不知如何下口,没有筷子汤匙什么的,总不能用手抓吧,那多不雅观。听阿妈说,人走路要有走相,吃饭要有吃相,这样才显得有教养。

　　身边有棵小樟树，海花站起，折了一根枝条。又折成两截，一双筷子总算形成了。

　　"你比我聪明。"许洋憨笑着。在海花面前，许洋往往有一种自卑感。觉得自己笨拙而愚蠢，简直配不上她。他生性憨厚老实，不善言辞；而海花口齿伶俐，头脑灵敏。他唯一可以聊以自慰的，就是体力。在海花和她家里需要帮忙时随叫随到，他也因此引之为豪。

　　海花抿嘴一笑，用筷子夹起一块肉递给许洋。许洋张开嘴巴接过，咀嚼了起来。对于平时吃惯了海鲜的人来说，这罐午餐肉不亚于任何珍馐佳肴。

　　"等我长大了，赚钱了，我一定买一大箱肉罐头，放在家里，我俩慢慢吃。"

　　海花扑哧一声笑了："你真好！"她自夹了一块肉塞进嘴里，"味道不错。"

　　海花用胳膊夹住许洋的手臂，俩人的身体贴得紧紧的……

五

　　吃了晚饭，天气寒冷，屋外又黑灯瞎火，许洋就早早上床睡觉了。恍惚间，他听见从山那边传来一声巨响，霎时天空闪过一道强光，把地面照耀得如同白昼。紧接着几声枪响传来，划破了小渔村夜空的静寂。

　　一群栖息在桑葚树上的夜乌冲天惊叫起来，四处逃窜。在空中盘旋了几圈，忽而收起两翼，迅速扑向树林间不见了。

让子弹消失

屋里的士兵在紧促的哨声中翻身起床，抄起武器，跑到门口集中，然后悄无声息地消失在茫茫夜色中。

约莫过了一炷香工夫，枪声逐渐平息了下来。士兵陆陆续续回来，天色已明朗了。

士兵散漫地围坐在天井里，一边吃早饭一边议论着。

一个士兵说："有人想偷渡跳水沟，被我前哨阵地的士兵发现了。发射了照明弹，几处明暗碉堡，一起开火，打死了几个人。"

一个老兵说："老八路还组织十几艘网槽船，要从棺材吞滩头强行登陆。用声东击西、暗度陈仓的计谋，被我们识破了。一个船老大，被我用狙击步枪击中。船在海里打转，人简直就同活靶子。几个山头轻重机关枪交叉射击，死伤无数。老八路一看苗头不对，全部撤退了。"他叹口气接着说，"想当初，都是一条战壕里的战友，一起打日本鬼子——"

第一组人员吃了早饭，被士兵带到弹药库搬运弹药。

许家对面的半山腰有块旱地，冬天没播种，空置在那里。几个军用帐篷搭建成若干个小屋。分别是弹药库、生活物资仓库和战地临时医疗室。人员进进出出，一派忙碌的情状。

许洋这一组的任务，是把仓库里的部分弹药，搬运到山顶上的一个弹药坑存放，然后再送往各条战壕和各个碉堡。

这些弹药，有手榴弹、冲锋枪和机枪子弹、迫击炮弹等等。每箱二十八至三十公斤。每次扛一箱。换作平时，这几十公斤重的东西对许洋而言，不在话下。只是每趟要爬山坡，走小路，又担惊受怕流弹乱窜。几次扛弹药回来，他大汗淋漓，几乎全身湿透。

当他第二趟扛着弹药送达前沿阵地时,头顶上的子弹仿佛一大群乌鸦在哇哇乱叫。一发炮弹在他们身边爆炸,押送的士兵当场被炸飞了。

许洋一屁股瘫坐在战壕里,双手抱着脑袋,脸色惨白,因惊慌而浑身颤抖起来。良久,他壮着胆子,才把头伸出去探个究竟。

跳水沟,正逢海水退潮,裸露出一大片沙滩。浅滩海水被鲜血染红了,连波浪拍打在礁石上的泡沫都是红色的。沙石上躺着几十具解放军战士的尸体,衣服被炸得七零八落,有一个还露出肚皮,肠子都流了出来。

一名战士从硝烟弥漫的沙滩那边冲过来。他肩背着冲锋枪,腰部扎一条麻绳,插着四颗手榴弹。抬起左臂,准备尽全身力气把手中那枚手榴弹投掷出去。一发子弹击中他的胸部,他倒下了。后面的战士,紧跟着又冲上来……

许洋不敢再往下看,龟缩在战壕里,上下牙齿不由得在战栗。

他害怕了,面对现实,他不得不承认自己特别怕死。一个人好端端的,就这样说没就没了,太恐怖了!

"喂喂,小孩儿,快来帮忙!"一个国民党士兵冲着他喝道,气势汹汹的,几乎把枪炮的声音压下去。

许洋没听见,仍然蹲在一处好像是迫击炮弹爆炸后留下的弹坑里。时而闻到树木和泥土烧焦裹挟着硝烟的刺激气味,呛得他几乎喘不过气来。

士兵搀扶着中尉过来，中尉的小腿被流弹打穿，鲜血把裤脚打湿了一大片。

"你还傻愣着干吗？快来帮忙！"士兵断然命令道。严厉的声音弄得许洋有点惶惶然不知所措。他似乎还没有从惊愕中恢复过来。

"你马上背中尉下山，到医疗室。"

许洋不敢怠慢，弯下腰，让中尉爬上自己的后背。他双手往中尉屁股一抱，抬腿便走。

作为一名从黄埔军校毕业的少壮中尉，他熟读现代战争法则，精通如何占据天险和有利地形，牵制和消灭敌人，起到四两拨千斤之功效。上司把守卫棺材岙重任交付于他，他不负众望，身先士卒，一直坚守在前沿阵地。然而，他也心知肚明，这种抵抗是苍白和徒劳的。纵观全国形势，解放军势如破竹，国民党仅剩下边远几个小岛屿还在掌控之中。抗美援朝战争激烈进行。解放军敢与美军叫板，何惧区区国民党军这小股兵力？美军第七舰队已插手台海事务，老蒋口口声声叫嚣"反攻大陆"，真是螳臂当车，痴人说梦。让我们当先锋，以这些小岛当跳板，不如来送死。看来，要为自己留条后路。

从屡次在枪林弹雨中经受的考验，再到生死线边沿的游荡，都不曾伤他一根毫毛。而如今，却在这个叫棺材岙的小渔村受伤遭罪，中尉心里不免觉得诡异和疑惑。

"不怕死，真是不怕死！打死了一批，又冲上一批！山道如此狭窄陡峭，怎么能冲上来啊？'自古华山一条路'，形容这条山路险恶，是再恰当不过了。棺材岙，棺材岙，是个不吉利的地方。难道它是埋葬两军士兵尸体的地方吗?"中尉趴在许洋的背上用国语自言自语着,并不在乎小伙子是否听懂。

子弹在头顶上飞窜,机枪声和手榴弹的爆炸声此起彼伏。

"中国象棋,楚汉相争。要想快速制敌取胜,必须用大炮轰,车马开道,直捣王位。解放军不是不明白,此乃轻敌所致。'弹丸之地,其奈我何'。可见之骄兵啊!殊不知,狗急也跳墙。"

对于这个年轻军官的一言一语,许洋也是半懂不懂而已,几乎插不上一句话。

"孙子曰,只能让对手在你所选择的时间和地点和你交战。所以,我们守住了,打败了他们;反而,也一样。"中尉用双手紧扣着许洋的肩膀,接着说,"我的手指,扣机枪的扳机都扣酸了。"

"那你就别打了。"

"我不打他,他必打我。军人以服从命令为天职。你年纪小,有些事,还不懂。我们是国民党纵队司令率领的军官作战团,每个士兵都是军官,从将军到少尉都有。个个训练有素,人人经验丰富。"

"那你们和解放军打了几次仗,每次都打跑了。这次会不会又被打跑了?"

"小伙子怎么说话的?"中尉显然因许洋的直接顶撞而生气。

原来在前三次战斗中,战场都设在本岛进行。双方就像进行一场拔河拉锯赛,有胜有负。先是解放军借助解放温州之机,一鼓作气一举拿下了孤悬海上的洞头岛。时过半个月,国民党军组织兵力反攻。解放军撤退,不久又派兵收复失地。如此几次三番,如今是第四次解放洞头。

许久,中尉用平缓的口气说:"其实,我也不喜欢打仗。都是咱中国人。最后,父母没有了子女,妻子失去了丈夫。"他长吁一口气,叹道,"不说了,说多了,你也听不懂。"大腿的疼痛让他哇哇叫了起来。他催促道:"小伙子,你的脚步能不能迈得快一点?"

"长官,我也想走快一点,可是这山路又窄又不好走。万一我摔倒了,就不能背你回去了。"

"我着急。"

"我会背你到医疗室的。"

话是这么说,许洋心里还是有那么一块疙瘩未解开。

昨天,一组的几个人在他背后窃窃私语,议论海花和中尉的事。许洋当时不吭声,装作没听见。当晚,他悄悄地躲在海花门口的树底下等待。果然不久,中尉手提着一个袋子过来,海花打开门,让中尉进去。

许久,中尉又提着那个袋子出门。许洋躲在阴暗处,越想越生气,越想越恼火,突然冲出来挡住中尉的去路。中尉冷不丁吓了一大跳,当他看清楚是许洋时,问他这是干吗,夜里做鬼吓死人。

许洋本来憋着一肚子的气话,面对中尉又开不了口。海花看见两个人在门口僵持着,急忙跑出来问:"阿洋,有什么事吗?"

"什么事,我要问你呢!"

"我有什么事?"海花觉察苗头不对。许洋双目怒视着中尉,拳头攥得紧紧的,一副要打架的气势。

"哦，对了，刚才中尉来取官兵的几套洗好的衣服。"

中尉插上一句："不信你看。"随手打开袋子，的确是几套折叠整齐的军服放在里面。

许洋看了，自觉理亏，有些泄气，但仍然不依不饶地说："中尉，我警告你，下次让我在这里再碰见，我就揍你。"

海花说："阿洋，你不要胡闹好不好，再胡闹，我就不理你了！"

许洋一扭头走了。

事后，海花两天不理他。还是许洋老老实实地上门找到海花，向她赔不是，说自己当时太冲动。海花对他说，每次洗完衣服，有时是士兵过来取，有时中尉过来取，每次我父母都在。中尉最多坐会儿，拿了衣服就走了。不过，有一次他约我到外面走走，我拒绝了。海花说，你一万个放心，我是你的人。有了海花这个承诺，许洋像是吃了颗定心丸，也就放心了。

刚才在阵地上，许洋真的不想背中尉下山，但也实在没办法。少顷，许洋若有所思地说："长官，我问你一句话，你要讲实话。"

"你问吧。"

"你喜欢海花吗？"

"海花那么好，当然有点喜欢。不过，我不会夺人所爱。"

"你讲话文绉绉的，我听不懂。"

"就是说，我不会抢你的海花。"中尉忽然发觉他俩的感情非同一般，心里暗自羡慕的同时，略带着几分醋意。

"这样还差不多。否则，我现在就把你扔在半路上。推下山岩，让你死翘翘。"

"你放心吧，我向你保证。"

许洋心里的那块悬着的石头终于落地了。心里一阵高兴，似乎力气十足，步伐也变得轻快了。

六

许洋把中尉背到医疗室后，乘人不备偷偷溜到家里。他半天不见海花的影子，心里堵得慌。再说，实在太饿了，肚皮紧贴着脊背。他自从早上八点吃了两碗米饭，到现在下午三点多钟，一直没吃过东西。

父母坐在门口补渔网，母亲看见儿子回来，惊呼道："你衣服和裤子怎么有血？"

"这血不是我的，刚才被一个伤兵染上的。"许洋应道。他的外衣后背沾上了一摊汗水，经冷风一吹，有股冰凉的感觉。

父亲用沉重又严厉的语气说道："阿洋，你明天不要去搬子弹了。这是借刀杀人，你懂吗？"

"好，我明天不去，我早就不想干了！阿爸，刚才我看见跳水沟那边死了很多解放军，层层叠叠；国民党军这边，也死了很多人。"

"天哪，罪过罪过！"母亲嘴上念叨着，眼眶里滚出几滴浊泪，"都是孩子呀！"

"那你跑到王龙洞坑，躲几天。要不，赔上性命不值得。我们惹不起，总躲得起。"父亲说，"昨天十几只小舢板出海，正遇上国民党军巡逻艇，以为我们是解放军，用机枪扫射。吓得大伙都不敢出海捕鱼。现在全国大部分地区都解放了,上海和温州也解放了,就剩下我们洞头棺材岙了。我看国民党就像秋后的蚂蚱,撑不了多久。"

母亲到屋里,从柜子里取出衣裤,让许洋换了。

许洋摸着肚子:"阿妈,有吃的吗?饿死了。"

"锅内还有半碗剩粥。"阿妈说。

厨房里没有什么家当,仅有一张饭桌和几个凳子。一个碗柜,显然已经老旧不堪,斜趴着十几个大小瓷碗。地上随意摆着几个瓶儿罐儿,墙上铁丝还钩着三四个用来晒鱼干用的网框。都是一些家常用具,倒也摆放整齐,干干净净,可见主妇是一个爱整洁的人。

许洋掀起锅盖,拿双筷子,三两下就把粥吞进肚子里了。半碗粥没占肚子边角儿,看见碗橱内有几个瓯柑,便取了一个。一面剥皮往嘴里塞,一面来到后门,他想再摘几个柑解馋充饥。

忽听得几声枪响,有人喊道:"站住,再不站住就开枪了!"一阵杂乱的脚步声由远而近传来。

"臭蛋,我才到家,就要被抓去扛子弹,我偏不去。"许洋以为有人来抓他,使起了犟脾气。抬头一看,一个人飞快地从墙角那边奔过来。"这不是那个卖货郎吗?"许洋稍一思忖,卖货郎已经冲到他跟前,喘着粗气:"小孩儿,帮帮我,国民党要抓我。"

许洋把剩下一瓣柑丢进嘴里。脑子里的第一个反应是:我应该帮他。平时和小伙伴们玩打野战的游戏,许洋总喜欢站在弱者一边,伸出援助之手。

"快,跟我来!"

两个人跑进屋内，一股浓烈又熟悉的鱼腥味扑鼻而至。

不知躲在哪儿好？家里住有国民党的士兵，都打仗去了，空无人影。隔壁的几间房，人都出去干活了。宽大的天井四周，堆积着一些渔网、绳索、竹筒、箩筐，还有几件锄头、畚箕、扁担等杂物，和那个士兵留下的一个军用背包。大门梁柱上，斜挂着一张好像蜘蛛网一样有待修补的渔网。

这里静悄悄的，换作平时，可是另外一番景象。屋里有小孩儿奔跑吵闹，天井里有大人喝酒猜拳讲古，母亲们张罗着饭菜，等待亲人们出海归来。这一切的一切都不复存在了，国民党军队的到来，打破了人们原先的生活规律。

更可恶的是，大门板和后门板都被拆了。北风呼啸着刮进来，无遮无挡，寒气逼人。只好拿几张半旧的草席用几根木棍顶住，免遭风雨侵扰。幸亏现在不是台风季节，否则台风来了，连门都来不及做，房子早就被狂风掀了。

目睹此景，许洋心里便燃起了一股莫名的怨恨和怒火……

七

两个人又从后门跑出去，屋后是几块菜地。

一株芭蕉已枯萎，宽大的叶子折断了悬挂在一边；几株柿子，光秃秃尽是树枝；只有那几棵瓯柑，枝头还零星挂着几个果子。旁边有一间猪棚，一头老母猪，歪斜地躺在稻草堆里睡大觉，鼾声四起。

许洋灵机一动："你躲到猪棚里？"

"这个——"卖货郎犹豫片刻。没有更好的计谋了，只好听从安排。他跨过栅栏，钻进草棚，硬着头皮，往墙角那个黑不溜秋的地方趴下，再用几捆稻草，覆盖在身上。

许洋反身跑到屋角，从平时给猪吃的饲料桶里舀出一勺菜叶，喊着"呐呐呐"。老母猪一听主人叫唤，翻身起来，迈着四只胖嘟嘟的大腿，靠近猪槽。嘴里一面咕嘟着，一面吃得两只耳朵都扇了起来。

士兵立马赶到，问道："小孩，看见有人跑过去吗？"

许洋大张着嘴巴，站在哪儿。他一时犯傻，脸都憋红了。

在这当儿，几个士兵端着枪，屋里屋外搜索了一遍，吓唬得那几只大鹅抻长着脖子"嘎嘎嘎"叫唤个不停。一个士兵把头伸进猪棚窥探一番，猪粪尿味熏得他连忙把脑袋缩了回去。

海花不知从哪里冒出来，跑得气喘吁吁。同时，竭力想让自己的呼吸平静下来。她故作神秘地对士兵说："哎哟，我看见有人从这里跑过去。"她用手往山边一指，"阿洋，你说是不是？"说完朝他神秘地一笑。

许洋会意地点点头，忙不迭地应道："是，是。"

许家屋后不远处就是陡峭的山岭，顺着小路直到海边。几个士兵往那边追赶过去了。

海花踮着脚，拿把镰刀，装着到路边割野菜，时不时瞧着士兵的动向。当他们消失在那片茂密的树林时，她才不慌不忙往回走。

"幸亏你刚才及时赶到——才解围。要不、要不我就露馅儿了。"许洋一紧张，讲话都变得结巴了。

"你也太老实了，骗人的话也不会说一句。"海花把镰刀和一把野菜搁在地上,"我就喜欢你这种憨厚的样子。"她径直来到猪棚前,压低嗓门喊道:"喂,卖货郎的,大兵走了,你可以出来了。"

卖货郎从猪棚里爬出来,浑身的屎尿,分不清哪儿是衣服、哪儿是脸、哪儿是屎。

海花后退几步,赶紧用手扇着鼻子,窃笑道:"好臭、好臭。"

"为了保住这条狗命,免遭庞涓迫害,本人只好学孙膑喝尿装疯了。"卖货郎一边苦笑一边自嘲着,手脚都不知该往哪儿放。

"海花,你快去屋里打水来,让他洗一洗。"许洋开口道。他在一旁放哨瞭望,观察动静。

海花接连打来了几盆水,让卖货郎冲了身子。

她问:"大兵为什么要抓你?"

"他们买了我的糖果不给钱,反而要抓我打我。"卖货郎撒个谎。

"我家的菜和番薯,他们拿了都给钱。"小伙子实话实说。

卖货郎用一块抹布擦了脸,将许洋和海花拉进屋里,自己搬过一张凳子坐下,长长地喘口气。

"先谢谢你们救了我一命!"他双手抱拳一揖,"我看你们两个都是诚实的好孩子,我实话相告吧!我不是卖货郎,我是解放军侦察兵。近几天,我军战士在棺材岙战斗中牺牲惨重。我有几个战友混在国民党军抓来的劳工里,搜集情报。不幸的是,昨天都被抓,枪毙了……长话短说,近日国民党军把渔船都拉到岸边严厉看管,一下子找不到船,我准备在今天游泳到桐桥村,把国民党的兵力布置和明暗碉堡方位送给部队。现在情况紧急,我先走了。"侦察兵霍然起身,准备出门。

"等太阳下山再走好吗？我带你到海边。"许洋说。

"我一时心急，还是你想得周到！"侦察兵赞许地拍拍许洋的肩膀，"你是一块当兵的好料子！不过，我看你帮国民党军扛子弹。"

"他们用枪逼我。"许洋嗫嚅地说，"我早就想逃跑了。"

"这也难怪你。身在屋檐下，哪有不低头？我看你还是躲起来，别去送死，子弹无情啊——"

许洋使劲地点下头。

"这里不能久留，万一国民党兵回来，那就麻烦了。"海花说，"总不能再躲进猪棚里吧？"

"看来，我也不敢再打扰这位天蓬元帅猪八戒了。"侦察兵调侃道。

两人听了，都笑了。没读过书，总有听大人讲过《西游记》，那可是家喻户晓的故事。

"那怎么办？"许洋问。

"这里管得严，一旦出去，万一再被发现，恐怕就危险了。"海花皱起眉头，好似在专心致志地揣摩着这事该如何处置。

许洋眨眨眼，浓密的眉毛随之上下跳动。他也想不出什么好办法，茫然地望着猪棚里那头猪。它吃饱了，又蒙头大睡了。

侦察兵在屋内来回踱了几步，双手一摊："难道就没有其他办法吗？"

"我倒有一个主意，不知你愿意不愿意？"海花试探性地说，心里也没有什么把握。

"快说，我洗耳恭听。"侦察兵说。

"你男扮女装。"

"男扮女装？哈哈哈，亏你想得出来。"

"依我看，你还不如换上我的衣服。挑担水桶，瞒过士兵的眼睛，先到后山沟躲一躲。那一带比较偏僻，树高草密，是个藏身的好地方。"

"这——只能这样了！"侦察兵无可奈何地说。

于是，海花把红衣裳脱下来，自己仅穿着一条花色布料的薄棉衣。她让侦察兵穿上她的衣服，显得又短又紧。

许洋看了，忍俊不禁，咧开嘴巴笑了。

海花用手捂着嘴，不敢笑出声："小是小一点，将就穿吧。"

侦察兵扮个鬼脸，也笑了。他诙谐地说："我倒变成了社戏《王老虎抢亲》里的周文宾，半路上千万别遇上王老虎，否则被抓去当老婆就更麻烦了！"说着，侦察兵挑着一担空水桶出门了。

终于等到太阳下山的那一刻，许洋和海花去后山沟，带着侦察兵抄小路一阵小跑到了海边。一股冷风掠过空荡荡的海面，让人不禁打个冷战；不远处的礁岩俨然一墩墩古老的长城，沿着海岸线蜿蜒起伏地伸向远方。

许洋从裤兜里掏出父亲平时喝剩下的半瓶用桑葚泡的白酒塞给侦察兵："海水寒，你喝口酒，暖暖身。"

"你这机灵鬼！"

侦察兵接过酒，仰脖灌了几口，把衣裤一脱，仅穿一条短裤，还打了补丁。

海花别过脸，不敢看。

侦察兵胸肌发达，手臂粗壮，大腿上的黑毛一簇簇。他把衣服和鞋子用条麻绳扎了几圈，赤脚下水了。

从岸边浅滩干枯的荒草中,猛地冲出几只栖息的白鹭,扑棱着翅膀飞到对岸去了。

海花心里一阵紧张,脸上的表情都凝固了。万一侦察兵下水时被国民党士兵发现,那后果将不堪设想。三个人蹲在水边,屏声息气。过了一阵子,四周归于平静,才松了一口气。

许洋用手掌伸进水里,海水依然冰冷,不免有些担心:"要不我去偷一只小舢板,我们三个人,一起偷渡过去。"

"不行,目标太大,也危险。偷鸡不成反而蚀把米。你放心,我经过冬季泅渡训练,这点困难,难不倒我。你们两个不要轻举妄动,等待我的好消息。明天大炮一响,就是咱们庆功日!"

"太好了,把那些人轰下海,让他们滚蛋!"许洋说完,得意地笑了起来。他指着眼前的这片海水,对着侦察兵说:"现在是退潮,你从这里游出去,躲过前面那段暗流,就顺水了。"

"对!夏天我们经常到这里游泳,对水流很熟悉。"海花说。

侦察兵说声谢了,弯着腰,用手掌捞起海水,拍拍胸口,便向许洋和海花挥挥手。双脚踩水,一手托着衣物,借着黄昏的掩护,慢慢消失在远处迷茫的水雾中。

八

雄鸡叫了几遍,天色开始明亮了。许洋依旧穿起那身打补丁的黑衣服,轻轻推开房门。从门缝往外一瞧,周围十分寂静。天井里十几个士兵,可能是新来的,屋里挤不下了,只好躺在屋檐下。他们穿着棉衣,身子紧挨着,相互取暖。

许洋蹑手蹑脚地往用草席遮挡的后门溜去。走了几步,发现没有动静，拔腿就跑。

他想，国民党不来棺材岙，大伙自由自在，想干啥就干啥，没人管，多惬意。他们一来，啥事都由不了自己。整天像条傻牛，被牵得团团转，还费力不讨好。该死的国民党军，天天让我扛子弹，扛个头！老子跑了，让你们自己去扛！没有子弹打，让你们死翘翘，滚出我们棺材岙！

他边跑嘴里边骂着，稍一留神，远远望见两名巡逻兵，慌忙躲在一棵茂密的桂花树底下。只听得脚步声越来越近——突然，背后有只大手一把拽住他的衣领。

他立刻转过头，身后站着一名凶神恶煞的士兵。他浑身冒出一身冷汗，默然地垂着头，站在那儿。

"小孩，你这么早跑出来干吗？想必是解放军的奸细。"巡逻兵心存疑虑地吼道。许洋木然地把头扭向一边，眼睛故意不看他们，两只胳膊交叉着放在胸前。

"你是聋人，还是哑巴？问你呢，你说话呀！"

另一名巡逻兵瞅着他："他好像是给咱们搬弹药的那个小伙子。"

巡逻兵满腹狐疑地打量着他："我看他鬼鬼祟祟，躲躲藏藏，必有缘故。先抓他回去，让长官发落。"

两名巡逻兵从路边找来一段渔网索，将许洋的胳膊扭向后背，五花大绑捆起来，押回许家。

许家门口的第一组人员列队集中，点名报数时少了一个人，正巧许洋被押到。

巡逻兵向队长报告："他逃跑，被我们逮住了。"

队长骂道:"小兔崽子,大敌当前,你临阵逃跑。按军法处置,枪毙!"

许洋父亲听说儿子逃跑不成反而被抓,从屋里跑出来,跪在地上向队长求饶。其他村民见状,也一起跪下来,请队长手下留情。

再说中尉自从腿部受伤之后,一直在屋里休养。身心疲惫,食欲全无,忽而心血来潮,想吃一碗家乡的米粉。正巧海花把一包烫好折叠整齐的军服送过来。他问海花家里可有米粉?海花说有,便给他煮了一碗端过来。

他吃了一口,说:"我多年征战在外,不曾吃到家乡的米粉了。这碗米粉,让我想起了妈妈……"言罢,堂堂七尺男儿竟然眼眶红了起来,哽咽着说不出话来。

这时,门口的吵闹声搅得他心绪不宁。他放下筷子,披上外衣,恢复了原本严肃冷酷的神情。他小腿上用绷带包扎着,一瘸一拐地走出大门,众人的目光齐刷刷地注视着他。现场一时鸦雀无声,敛声屏息,都在观望和期待中尉如何处理此事。

他是这里的最高长官。

中尉向巡逻兵了解情况后,"唰"的一声从腰间掏出手枪,顶着许洋的脑门说:"你为什么要逃跑?"

"我不想搬子弹。"许洋冷冷地说,歪斜着头,翘起下巴,一副天不怕地不怕的样子。

"你不想搬子弹,那你要干吗?"中尉面带冷笑问道。

"我想——"许洋不知如何应答,一时语塞,脸色涨得通红。思索一会儿,他又一次固执地重复一遍,"我不想搬子弹!"

"你怕死？好，我现在就让你先死！"中尉挺直身子，左手叉腰。用拇指打开手枪保险盖，食指扣在扳机上。

在这生死存亡的危急关头，海花从人群中冲出来，声泪俱下地喊道："中尉，求求你，别杀他！"

父亲在一旁也急切央求道："长官，我儿子年纪小，不懂事。这都是我不好，他下次再也不敢逃跑了，我以人头担保！"

有人说："他是我们第一组最有力气又勤快的小孩儿。杀了他，就少了一个人扛弹药。请长官饶他一命！"其余的人也都附和地说："请长官饶命！"

海花跪在地上哭成泪人儿，中尉举枪的手不由得颓然地垂放了下来。

在众人面前，中尉知道自己该怎么做。何况这个小伙子，从战场上把他背回来，没有功劳，也有苦劳。他刚才故作杀鸡儆猴似的举动，只不过告诫其他人以后不要再逃跑，否则就枪毙，这才是他的真正意图。既然已经达到警示目的，那见好就收吧。常言道，小不忍则乱大谋。住在人家的地盘，别把事做绝，今后可能有求于人。给自己留条退路，才是上策。

中尉说："看在众乡亲的面子上，暂时饶他一命。下次再犯，必将严惩不贷！"

话音刚落，"轰轰轰"，一发发炮弹从天而降，相继在几个山头开花爆炸，震天撼地。

一个士兵急匆匆跑来："报告中尉，刚刚收到的情报，解放军昨天从温州用木帆船紧急抽调了六七门山地炮，架在桐桥大山。你看这炮弹威力，不比往日寻常，而且十分精准。还新增了三个连的兵力。这次,解放军恐怕是志在必得!"

中尉闻之,意识到事态的严重性,眉宇间不由得掠过一副紧张和惊恐的神情。转瞬间,他便镇定了下来。

"哈哈哈——"中尉不愠怒,反而放声大笑,"这回,动真格的了!"他手枪一挥,带领一队士兵大踏步往山上赶去。

九

炮弹以排山倒海之势精准地抛落在战壕上和一个个明暗碉堡等工事,随着一股股浓烟的升腾扩散而消失,化为乌有。

前沿阵地上,中尉指挥士兵在负隅抵抗。

传令兵上前报告:"中尉,上司命令我们撤退。"

"你说什么?撤退!"

传令兵重复了一遍命令,又道:"你若不信,请看身后。"

中尉扭头一看,两三艘军舰停泊在棺材岙的海面上,十几只小舢板正从岙口接送士兵撤往军舰。

"跑得比鬼还快,去投胎啊!好了,老子也逃命吧,要不都不知道自己是怎么死的。"

他想:"苦心经营一个多月的军事重地,仅仅坚守几天,就在解放军密集和强大的炮火中不堪一击。整支几百人的队伍作鸟兽散,人人只顾逃命。兵败如山倒,这种仗,还怎么打。才刚开始,就注定成败了。"

"你马上通知一排做掩护,其余人员退出战斗。"

撤退途中,中尉命令士兵去抓来几个渔民,帮忙划桨摇橹。他特意交代把海花也带来,士兵受命而去。不久,海花和三个村民被带到海边。

本来士兵想多抓几个渔民,无奈许多人都逃跑了,躲藏起来。

中尉站在岸边看见海花,脸上的愁纹舒展开了。

他笑着迎上去:"实在找不到人,才让你过来帮忙。"中尉用手臂比画着摇橹的姿势,食指往海面一点。海花顺着他的手势,看见了已经有十几只小舢板正往海上的军舰划过去,"求你了,我知道你会摇橹。"

岸边的小舢板还有七八只,摆渡的人才有五六个。

海花神色黯然地跳上小舢板,有气无力地抓起橹柄。中尉上船后,坐在海花脚边的船板上,仰视着她:"让你辛苦一趟。"

海花瞪着他,洁白的牙齿咬住下嘴唇,一声不吭,心想:"假惺惺,你们打仗,让我们当炮灰。"

中尉说:"海花,干脆你跟我一起去台湾。"

"我哪里也不去!"海花的口气像是冬天的西北风,冷飕飕的。她的眼神似乎没有了往日的光泽,变得呆滞和疑惑。她思忖着,原来中尉让她来这里,便有这个企图。

"我不会亏待你的!"

海花蹙紧眉头,斜睨着中尉,仍然不予理睬。

头顶上的乱云在翻滚撕裂,在挤压堆积,似乎要变天下雨了。

士兵蜂拥而至,争先恐后地爬上小舢板。小舢板左右摇晃,随时都有沉没的危险。中尉霍地站起,掏出手枪,冲天开了一枪。骂道:"滚蛋,不要再上船!"士兵顾着逃命,像抓住最后一根稻草,哪肯松手。"啪啪。"中尉打中了一名士兵,鲜血四溅,一下子镇住了这种慌乱的场面。他回头挥舞着手枪，对着海花瞪着双眼吼道："你看什么，还不快点摇橹！"

海花一阵胆战，伤心和委屈的泪水不禁直往外流。她只好把橹柄往左侧一摆，掉转个船头。几名士兵站在水中，顺势推着小舢板离岸。

海花抬起头，睁大双眼搜寻着村子、家门口、小路和沙滩，都不见许洋的踪影。心底不由得涌出一股失望和凄凉。她在心里呐喊着："阿洋，你在哪里呀？你的海花可能要从此与你分别了。我想再见你一面，哪怕粉身碎骨，也心甘情愿！你不会有事吧，你还好吗？是不是还在那里扛弹药？国民党军都逃跑了，你还不跑？你怎么这样傻呀？"

一串串泪水，从海花眼眶里冒出，一滴滴滚向大海。

"啪啪啪"，从山顶上扫射下来一串子弹，把海水打得溅起朵朵浪花。几个士兵相继中弹，一头栽进水里。事发太突然，来不及多考虑，中尉一个转身，拦腰抱住海花。子弹打中了他的背部，鲜血染红了军服。

海花趴在船板上，泪水涟涟。她抱着中尉的肩膀，说："中尉，你为什么要救我？"

"出于本能——"中尉的额头上渗出点点冷汗，苍白的脸因疼痛扭曲着，"我不能眼睁睁看着你死！"说着，他昏迷了过去。

士兵看了一眼中尉的伤势，又用手摸摸他脉搏，对海花说："小姑娘，你别顾着哭了，赶快送中尉到军舰上，可能还有救！"

海花用袖子擦去泪水，奋力摇橹。几个士兵举枪向岸上射击掩护。几个士兵抄起压舱木板，一起助力往军舰划去。

十

第一组人员冒着浓浓炮火，扛着一箱箱弹药穿行在崎岖山路上。时而看见卫生员用担架抬着重伤员下山，缺胳膊少腿的，鲜血淋淋；还有受伤者，被士兵搀扶着躺在路边，等待救援。

又是一阵猛烈的咆哮声，几发炮弹在四周爆炸。战壕里的士兵相继中弹，倒在血泊中。其余的纷纷拖着枪支，一头钻进树林里，不见踪影。一组人员见状，丢弃弹药箱，逃之夭夭。

一发炮弹正好落在许洋附近，他被猛烈的冲击波狠狠地抛出十几米外，重重地摔倒在地，瞬间让炮灰和泥土给掩埋了。许久，他仿佛听见一阵冲锋号和解放军战士的怒号声。他双眼朦胧，昏迷了过去……

一块泥土松动，露出一簇头发，伸出一个脑袋。许洋摇晃着四肢，抖掉尘土。环视四周，只有他一个人。几棵松树被炸得直冒青烟，战壕里一片狼藉。有尸体、枪支、木箱和破棉被。

棺材岙海边，还时常传来一阵阵枪响。

他抚摸一下身体，发觉左手臂和左脚发麻和疼痛，右腿有一处伤口在流血。自己扛的那箱子弹，还在身边。离他几步远，便是那个弹药坑。

他弯下腰，用右手抱起那箱沉重的子弹，放进弹药坑。他做事总是有始有终，从不半途而废。

弹药坑里，整齐堆放着十几箱还没有开启使用的弹药。

他想，战场这么安静，看来解放军已经冲上了棺材岙。打仗胜利了，那就太好了！肯定是那个侦察兵把情报送到了部队。要不，哪有这些炮弹又狠又准！他真勇敢，不但水性好，人也好。往后，再也不用担心替国民党扛子弹，一不小心还要被枪毙。都是这些子弹惹的祸。如果没有这些东西，那跳水沟的解放军战士也不会牺牲，其他人也不会死，自己也不用受这个罪。

他脑海里闪过一个大胆而勇敢的念头——

他把散落在战壕里的三四块木板拖过来，觉得其中两块木板好面熟。仔细一看，果然是自家的大门和后门的门板。尤其大门板，有自己小时候用小石子涂鸦的小鱼儿小螃蟹。后门下摆有个小缺口，是前些日子被老母猪发性子拱坏的。

他想把它拉回去，省得整天用草席当门。一旦刮风呜呜响，又冷又冻。多盖几条棉被都不觉得暖和。况且家里哪有那么多的棉被？不管那么多，不就是两块门板吗？大不了，再上山砍棵树重做。反正，这些弹药坑的弹药是必须毁灭的。毁了它们，自己才会心安理得，睡觉才会踏实，吃饭才会更香。

其实，这里有几箱手榴弹，许洋只需要扭开一个保险盖，往里一扔，这些弹药就瞬间爆炸化为乌有。可是，他总觉得有点可惜。最好又是唯一的办法——就地掩埋。让这批弹药，不见天日，不见踪影，神秘消失。

主意已定，他撸起袖子，吐口唾沫在手掌心搓了搓，把那几块木板横架在弹药坑顶上。然后又找来一把铁铲，挖了一块块草皮，铺在上面，再用铁铲背面使劲敲实。乍一看，它和旁边的花草混在一起，天衣无缝，还真让人辨认不出来。

他受伤的手脚时而传来一阵阵隐痛，让他干起活来很不灵便，像是被一条无形的绳索捆住，比平时多花了一两倍的力气。才把活干完，许洋累得满头大汗，但回头一想，这付出是值得的。

他把铁铲一丢，拍拍手上的尘土，如释重负地深呼了一口气，像干了一件惊天动地的事，为自己竖起了大拇指，脸上也露出欢快和满意的笑容。

现在，他想赶快回家，把这个秘密告诉海花。他捡起一根树枝当拐杖，跟跟跄跄地往山下走去。

十一

观潮山上空的云层愈积愈重，阴沉沉，黑黝黝，好像一张漫无边际的巨席铺满整片天空。忽然，几道闪电在云端里闪耀，随之几声炸雷响起，便下起了雨。先是零星几滴而逐渐密集，后来演变成了一场瓢泼大雨，迅猛又激烈，仿佛要把地上万物洗涤一番，清扫干净。这种暴雨，一般只有在台风季才会出现。此时寒冬腊月，显得不同寻常。

暴雨，不仅带来了大量雨水滋润了大地，同时也摧枯拉朽地带走了地面上的一切垃圾废物，让它们统统融入海里，还原了大地本来清新翠绿的面孔。

这场暴雨，来得太及时了。

许洋母亲和三四个妇女站在家门口，豆大的雨点洒落在身上浑然不顾，焦急地望着岙口那边。她猛一回头，看见儿子衣服上沾满血迹，像个落汤鸡似的站在身后。

"你受伤啦？我以为你也被国民党抓走了。海花被国民党军抓去摇舢板，送他们到军舰。我很担心哪！"

话一出口，许洋母亲眼泪扑簌簌落了下来，挂在脸上，和雨水混合在一起，分不清哪些是雨水哪些是泪。在许洋母亲的心目中，早已把海花当成自己未来的媳妇看待了。眼下海花的处境，实在让她忧心忡忡。

"海花被抓走啦？"许洋瞪起眼睛问道。这声音，在风雨中听起来是那么瘆人，就像深更半夜，单独行走在黑暗的山道上，踩到一条蛇那般恐怖。

母亲点点头。

许洋一甩手，扔掉那根树枝，从满是污水的泥泞小道冲向岙口。才迈开几步，一个趔趄，四脚朝天摔倒在地，又急忙爬起来。一瘸一拐的背影，淹没在一片茫茫的雨水里。

许洋始料未及，中尉竟然把海花带走了。是海花有意，还是中尉故意？只怪自己瞎了，没有多一个心眼，留意他这一手，真是人心隔肚皮。但是，他相信海花，自己才是她心中的人。他要追上她，把她夺回来。

这几天净刮西北风，从海上漂过来的枯竹断木、乱七八糟的绳索、被暴雨冲刷下来的垃圾塞满了整个沙滩，把往日干净的海滩糟蹋得一塌糊涂，乌烟瘴气。

子弹从头上呼啸地飞向海面，几发炮弹落在水上，激起一根根水柱。海面波涛起伏，十几只小舢板冒着狂风暴雨和炮火，摇摇晃晃划向军舰。不久，士兵和村民全部上船。军舰开足马力，往外海驶去。那些丢弃的小舢板，顺着海风和潮水，漂向远方，一眨眼不见了。

许洋站在雨中，像一棵被人拦腰砍掉的树木般伫立着，目光茫然若失地望着远方。他全身湿透，头发粘在额头上，雨水顺着下巴流淌到沙滩。眼睛睁不开,几次用手掌试图擦去雨水都是徒劳,干脆让它模糊了。

眼前发生的一切,他实在无能为力;他欲哭无泪,悲痛欲绝。在宽阔的大海面前,他显得是那么渺小单薄,苍白无力。活像有一只无形的手,重重地击中了他的脊梁骨,一阵钻心的疼痛遍及全身。

他痛苦地跺起脚,愤怒地挥舞着双臂,冲天一吼,一头扎进浪涛里……

雨停了,晚霞映照在海面泛起一道道粼光。十几只归巢的白鹭呈一字形从天空掠过。三五道炊烟袅袅升起,几户人家点燃煤油灯,泛起了一团团朦胧而纤弱的光晕。仿佛近日发生的一切战事都不曾过,被炮火洗礼过的小渔村,又恢复了往日的平静和温馨。

每当夜深人静时,许洋常常一个人来到曾经和海花坐在一起的那块岩石上,黯然神伤地凝望着眼前的那一泓波澜起伏、沐浴着银辉的海水发呆。

他思念着海花,她在那边还好吗?

在许洋的身后,便是那个被掩埋的弹药坑。它和周围的草木山石融为一体,开满了一丛丛鲜艳的映山红。他希望那些弹药,埋在地下随着岁月消失;而他也将这个秘密,永远烂在肚子里。

瓯江船殇

一

午后一点多钟，温州瓯江口北门头码头。

"永丰"号机帆船徐徐靠岸，站立在船头船尾左侧的两名水手，手抓缆绳，奋力一抛，缆绳在空中划出一道弧线，准确无误地扔到了岸上。码头工人把绳索盘绕在石墩上。待船只一停稳，十几名乘客提着大小包从船舱里鱼贯而出，犹如一群喜鹊被放出笼儿，四处飞散去了。

码头上，一二十辆黄包车在等候揽客。少顷，搬运工人下船卸货，一车又一车被运走，一切都在忙碌而有条不紊地进行着。

这是一艘私人运输船，每隔三五天，从洞头装载海产品到温州，再从温州揽一些货物回洞头。洞头孤悬海岛，一切物资都要从温州等地运回来，顺便也搭乘运货的客人。

"永丰"号船长徐明保，从驾驶室下来。看见货物已卸完，便和六七名水手，把乘客留下来的一些酒瓶、废纸、烟蒂、瓜子壳等杂物清理干净，再用小水桶打上海水，冲刷了甲板。待一切停当之后，他便留下一名水手一起看管船只，让其余人统统上岸去了，或访亲会友，或下馆子喝一杯，或逛街购物，或看戏班子演出。

徐明保，五旬开外，中等个子，穿灰色长袖衫和黑裤，着拖鞋。天庭开阔，头发梳向脑后。额头几道皱纹，鼻梁高挺，双目有神。自个儿坐在驾驶室里。嘴上叼着烟，找来火柴，抽出一根，用拇指和食指夹着，贴着盒沿那片燃纸，用中指一弹，"啪"地燃起一团火苗。从柜子里取出小半瓶白酒，斟进一个小碗，呷一口，抓块鳗鱼干，边咬边哼着越剧小曲儿。如今年事已高，不想与年轻人凑热闹。瞧着两岸和海面风光，好不逍遥自在。

水手赵波拦了一部黄包车，小芳告诉黄包车师傅去五马街，师傅猛踩脚踏板，车子一路飞奔而去。

赵波刚才和大伙把船上的事情处理完，便上岸了。他二十刚出头，浓眉大眼，方形脸，留着胡子。上套件长袖冬衣，下着黑裤，脚穿一双布鞋，平时给人憨厚老实的印象。

昨天，赵波把"永丰"号开往温州的消息告诉了女友小芳。他想通过这次机会，彼此增加一些了解，让关系更密切。小芳也有此意，向学校请个假，两个人便一起到温州城来了。

温州乃浙南重镇，人口众多，商铺林立，熙熙攘攘。两个人一路上边看街景边聊天。不久，黄包车在五马街口一户商铺门前停了下来。

老板娘认得小芳，从柜台里出来，笑道："小芳，刚到温州吗？这次来，要带点啥回去？"

小芳披件深色外套，配着一条蓝色裙子。长发自然垂向肩后，戴着一副150度近视眼镜。

小芳说:"老板娘,你的东西这么丰富,我都想要!"

老板娘发现她身边站着一名小伙子:"后生仔,你要点什么?"

赵波听不懂温州俚语,发愣着。

小芳接过话茬说:"他是'永丰'号船员,叫赵波。"

老板娘哼笑了一声,顾自忙去了。

这店铺不大,仅十几平方米,商品倒是琳琅满目。柜台内货柜陈列着烟酒。店铺门口,摆放着十几箱核桃红枣金针香菇糖果之类的南北货。

小芳询问了几种商品的价格,挑选了五六项,每项来一两斤不等。

赵波说:"老板娘,我也像她一样,每项来一份!"他从衣兜里掏出钱递给她,"多少钱,两人一起算。"

老板娘换成普通话说:"不急不急,你这份还没称好呢!"她低声对小芳说,"他是你什么人,这么大方?"

小芳一时语塞,不知如何回答。

赵波附在她耳边说:"我们是同学!"

老板娘瞥了他一眼,嘀咕了一句:"谁相信!"在老板娘的眼里,一个秀气俏丽,一个土包子,衣着打扮和讲话水平都不在一条水平线上。

小芳的东西称好后装成一只小麻袋儿,自付了钱。赵波还想争着付钱,反而觉得不好意思,故作罢了。

小芳对赵波说:"你在这里等我,我到书店,给学生们买几本书就回来。"说罢,她横穿马路去了。良久,抱着一袋书,笑嘻嘻地走过来,脸上流淌着汗水,她从裙子的口袋里拿出手帕,轻轻抹着。双颊越发红润，好似涂上了胭脂，妩媚动人。她嘘了一口气："好了，完成任务了！"

赵波用手肘碰了碰她的胳膊，压低嗓门："你好漂亮啊！"

"你又来了！"小芳抿嘴一笑，拿出一本书翻了起来。

一言未了，一部黄包车突然停在赵波跟前。

车上的水手说："赵波，你让我好找。有急事，你快回去！徐老大叫我把大伙找回来。我们马上要开船回洞头。"

"哦，这怎么回事？"赵波一头雾水，按原计划安排，"永丰"号过两天才装货回去，怎么临时变卦啦？

"这里不便说话，你回去就明白了！"伙计说完，告诉黄包车师傅地址，再去找人。

他们平日在温州，约好了都有几个相对固定的活动场所。万一船上临时有急事，也好找，否则，偌大的温州城，你去哪里找人？

赵波不敢多留。

他晓得平日徐老大喜欢来两口，顺手要了两瓶竹叶青，一同付了钱。刚才一忙，两人都顾不上吃午饭。小芳便到隔壁饮食店买了几个馒头和两根油条。赵波招来一辆黄包车，把两袋东西塞上车。两人就在车上将就地把午饭解决了。

二

赵波急匆匆赶回码头，"永丰"号静静地停泊在岸边，心里就踏实了。他望着它犹如一匹战马，随时听候武士的召唤，便产生了一种自豪感。

码头一角，一部军用吉普车停靠在那里。

徐明保和解放军傅连长交谈着。

傅连长，二十七八岁，一身军装，身材高又瘦，腰部别着一把手枪，英俊威武。身边站着通信员小张，一脸的稚气，十七八岁的样子。

赵波提起黄包车上的两袋东西带小芳到自己的卧室休息，回头和徐明保见了面。徐明保把他介绍给傅连长，两人相互握手问好。

"阿波，傅连长有一批物资和人员，亟须运往洞头，临时租用我们船只。我们要全力配合！"徐明保嗓音沙哑、粗犷，似乎还带着海的气息。

赵波说："那当然！"

"我们经过了解，你们在洞头这条航道经营多年，富有经验。"徐明保点头称是。"船上有闲杂人员吗？"傅连长说。

"没有。仅有我外甥女一人。如果不方便，我可以让她上岸。"徐明保瞧着赵波，眨下眼睛笑了笑。

赵波略微羞涩地说："算是女朋友吧。"

傅连长说："那没关系，多一两个人也无妨。"

一星期前，温州军区司令部命令傅连长带领部队人员到洞头驻防，其中有派往地方工作的官员和部队的机要人员，以及随军家属等一百余人。

洞头地处温州四十几公里外的海岛上，因国防需要，属于对台前线。平时，仅有一艘小型客运班轮"利群"号来往于温州和洞头之间。近日来，由于受冷空气影响，海面常刮大风，所有船只一律停航。

早上傅连长接到上级通知，据气象预报，今天沿海风力减小到四至五级，阵风六级，可以行船。但是，原来安排给他们的部队船只，由于临时有紧急任务，被调走了。他只好到民用码头了解情况，正好洞头有商船过来，于是在请示领导同意后，租用"永丰"号。

这使用民间渔船，好像和当年解放大军渡过长江天险，解放军渡过琼州海峡，以及解放洞头岛的几次渡海战斗一样寻常。

徐明保注视着码头外浑浊泛黄的海水，从江心寺的海面奔流不息，一泻千里；时而卷起小小的漩涡，往东而去。

他说："傅连长，事宜早，不宜迟。现在海水已经开始退潮了。你们的人员和物资，如果准备好了，那就赶紧上船！"

"好的，就等你这句话！"傅连长对身边的通信员说，"小张，你马上去通知！"

小张应声"是"，一脚跨上吉普车，猛踩油门，一路奔驰而去。不到半个小时，小张带着四部军用卡车开到码头。

从一辆车上跳下二十几名战士，他们动作敏捷，分别打开另外三部车后厢，卸下一件件大木箱。木箱上，用墨水印着一些中文拼音及阿拉伯数字。每箱由四个战士抬着，走下十几级青石台阶，搬运上船。

赵波和一名水手，在船舱里配合战士把木箱一一接下来，堆放整齐。

这时，外出的几名船员也陆续回来了。大家一起帮忙，人多干活快。才装卸完毕，又开来六部军车。八九十名解放军官兵，背着行李，带着武器，从车上下来，在码头上排队集合，上船。

赵波把他们安排在客舱里。座位不够，很多人只能坐在甲板上，或站在过道。其中一部车是随军家属，一行十几人，带着三个小孩和七八件行李。徐船长让水手领着这些人，到楼上各自的卧室休息。

码头上有几位家属和船上的战士挥手告别。一时机器轰鸣，水手解开缆绳。"永丰"号在江心寺海面转个弯，船首向东，开足马力，往瓯江口外驶去……

三

一个月前。

洞头岙内有一家老船厂，三面依山，一面临海。一字排开三座高大的船坞。该船厂平时为当地渔民建造一些白底船和流刺船之类的小型船只。主业以修理船舶而出名。洞头洋乃国家重点渔区，每年鱼汛期间，来自全国沿海各地的渔船，都在洞头渔港停靠，进行卖鱼、加油、加水、购买生活用品、维修船舶等事宜。一旦遇上大风，船只不出海，那洞头渔港内，桅杆如林，红旗飘飘，热闹非凡。

港湾里，停泊着十几艘渔船，炊烟袅袅。平静的水面，时有小舢板送渔民上下船。彩霞在远方的水平线上变幻着，一轮红日浮出水面，惊飞了栖息在桅杆上的几只小鸟。

在靠近山边的那个船坞，一艘修葺一新的乌艚船彩旗飘扬，高耸的船首挂着一朵大红花。船底四周，八名工人摇着千斤顶把船身升起，十几名工人乘势往船底垫上一根根圆木，再在圆木两侧铺上两条导轨。千斤顶降下来，船体正好压在那导轨上。

早晨的阳光投射在这艘船上，顿时变得光彩夺目。船坞两边的岸上，站着五六十名工人。其中一个人挥舞着一面小红旗，喊道："一二三！"

众人奋力一推，齐声应道："加油！"

如此三番五次，乌艚船被逐渐送入水中。一时鞭炮齐鸣，锣鼓喧天，众人欢呼雀跃。

老船厂附近有一间铁匠铺，几个伙计正在叮叮当当地锤打着一块刚出炉的殷红生铁。耳听着一阵鞭炮锣鼓声响，他们撂下手里的活儿，跑到门口，翘首而望。

乌艚船升起中帆，缓缓驶离船厂，往宫口码头的海面开过来。

赵波目不转睛地凝视着，投于羡慕的神色；船舷上几个大字，让他眼前一亮；这马达声，宛如一曲美妙的音乐，唤醒了沉睡在他心底下的那个梦。

"'永丰'号，好大的一艘渔船！要是能上船当一名水手，那就过瘾了！"赵波穿件短褂，腰间扎着一条围裙，锈迹斑斑，还破了几个烧焦的小洞。穿的长裤也是脏兮兮的，脚上拖着一双破不啦唧的木拖鞋。

"你又想下海啦？"一个伙计问道。

赵波默不作声，垂头丧气地转身回屋。他把风箱拉得阵阵响，额头上冒着热汗。火苗蹿起，他的脸庞被炉火映照着如同古铜色一般，粗壮的双臂流着汗水。他用钳子从火炭中夹起一块丹红生铁，搁放在砧台上，与伙计两人，我一下、你一下，敲打得金星四溅。

　　他想，行船人闯荡五湖四海，大开眼界，这可不是打铁汉所能理解的。但这句话，又不便开口，担心被人误认为吃里爬外，好高骛远。末了，他夹起那块锤打成形的铁镐，插往水桶里。"哧哧"几声响，水里冒起串串气泡和缕缕白烟。

　　宫口码头，临街一排尽是商铺。小餐馆、渔行、渔网店、小酒楼，顾客盈门。一星期后的一个早上，赵波来到一家蓉香面包店吃早餐。他要了一碗粥，一小碟萝卜丝，几个面包。他一边咬着面包，一边往窗外眺望着。

　　从众多停泊在港内的渔船中，他一眼便认出那艘"永丰"号。他怔怔地看着，浮想联翩，以至有人来到他身边也没有发觉。

　　"我听说，'永丰'号不是出海捕鱼，而是跑运输，温州至洞头。"

　　他闻言，一回头，小芳已站在身后，微笑地瞅着他。

　　他俩第一次认识就在这里。

　　那天赵波来面包店吃早餐，吃完出来到门口，瞥见有个姑娘在窗下洗刷饭碗碟具。一经打听，是店老板的女儿小芳，现在岙内小学当老师。此后，他就经常来面包店。一来吃早餐，二来结识她。这般一来二往，两人就慢慢熟悉了。

　　"你今天不上课？"

　　"今天是星期天休息。刚才我留意你好久了，你想下海行船？"

　　"想——"赵波欲言又止。

他把那小碟萝卜丝倒进粥里,用筷子搅拌着,喝了几口,又三两下把几个面包吃完了。但不动身,仍坐在椅子上发呆、苦恼。

赵波十几岁时就跟渔民出海打鱼。不幸一次遇上台风,船只被打沉。几个人命大,被过往船只救起,死里逃生。母亲觉得赵家只有这根独苗,不想让他再出意外,让他改行。于是他就上山找了一份打铁的职业,一干就是三个年头。

小芳瞧着赵波垂头丧气的样子:"什么鸟,吃什么虫。人常说,'养牛割草难做伴',我看捕鱼打铁也是两码事。别的事,我帮不上忙;下船这事,可以为你说一句话。"

经小芳一提,赵波勃然来了兴趣:"我在宫口码头没认识几个人。如果你能帮忙介绍,那就太好了!"

小芳说:"'永丰'号这艘船,是我舅舅徐明保的。我晚上回家找他说说,反正新船下水,也需要伙计。"

赵波听了,喜上眉梢,恨不得立刻给小芳磕个响头。

过了几天,赵波找到一家门楣写着"永丰商行"的店铺停下来,瞟见一个小哥从屋里出来,便问道:"兄弟,徐老板在吗?"

小哥答:"真不巧!昨天他开船去了温州城,估计中午可以回来。"小哥用手掌往眉梢上一搭,眺望着远处,手一指,"你看,说船船就到。大瞿岛海面那艘乌艚船,便是了!"

约半个时辰,乌艚船靠岸。永丰商行里跑出十几名伙计。有的扛扁担,有的拿麻绳,纷纷跑到码头帮忙卸货。

赵波想,自己闲着也是闲着,何不出手帮忙?他跟在几个伙计后面,上船搬货了。

一袋袋红枣、大米、米粉、大豆从船舱里搬上甲板。赵波双手抓住装着大米的麻袋的两个角,腰一弯,乘势一甩,上肩了。掂了掂,嫌太轻,叫伙计再上一袋。放在肩膀上,抬腿就走。从板梯下到码头,再放进仓库。一连几趟,把众人的眼珠都看直了。

一麻袋米一百斤,两麻袋米二百斤,他一人扛的,并不显得十分费力。再瞧瞧别人,都是一袋袋扛着抬着,还累得气喘吁吁。

卸完一船货,徐老板坐在商行门口,拿条毛巾在擦汗,嘴里咬着香烟。赵波迎上前去,还不等他开口,徐明保说:"喂喂,小伙子,你是新来的吗?我好面生。"

"我不是新来的,我是岙内打铁铺的伙计。前几天看见'永丰'号下水,想下船当水手,不知行不行?"

"你行过船吗?"

"我十几岁就出洋讨海,因故无奈,才上山跟人学打铁。"

"你是哪里人?叫啥名字?"

"我是半屏山的,叫赵波。"

"你父亲是谁?"

"赵海龙。"

徐明保看着小伙子长得肩宽腰壮,再加刚才自告奋勇的表现,心里早就喜欢七八分了。又听说是赵海龙的儿子,不由得勾起他的回忆。

"想当初,你父亲和我姑父叶唐学,驾驶着'洞江'轮,战海盗、打日寇,是何等好汉!可惜英雄早逝,死在鬼子手里。十几年了，'洞江'轮二十几条好汉，至今生不见人，死不见尸，全无音讯。可怜见！"说着，徐明保眼眶红红的。

经他一提起，赵波想起自己七八岁就没了父亲，鼻根一酸，掉泪了。

少顷，徐明保记起几天前小芳到家里谈起他的事，况且他对这个外甥女也比较喜欢，就给个顺水人情："你明天过来！"

赵波谢了，辞别了。

"永丰"号共有七名船员。除了徐老大，还有轮机长、舵手、厨师、两名水手和他。

赵波上船后，虚心向大家请教，从头学起。从张帆起锚，掌舵识罗盘；再到观天气，辨潮汐。他原本机灵，早年又当过渔民，讨过海，稍一提起，熟记于心。兼他吃苦耐劳，和船员们打成一片，徐明保心里又平添了几分满意。

四

徐明保站在驾驶台亲自掌舵。

他的左边是傅连长，右边是赵波，身后是舵手。因逆风行驶，"永丰"号没有张帆。

傅连长说："徐老大，我们几点可以抵达洞头？"

徐明保说："凭我经验，闲时日，顺风顺水，约莫四个钟头；逆风顺水，就要五个来钟头；逆风又逆水，则需六个多钟头。现在刮东南风，船是逆风而行，好在海水顺流。不过，已退潮六分有两分多了。温州潮汐，比洞头慢一个小时。我们晚上七点后，可以到达洞头。"

"很好！"傅连长说。

"话是这么说，但这海路无时定。不瞒你说，今日行船是有些匆忙。"他从台面上一个小盒里取出一支手工卷的香烟。赵波凑上去，用火柴点燃。他吸上一口，把烟吞进肚里，再缓缓从两个鼻孔中喷出。

"我也知道，只是军令如山！前几天一直风大，有船开不了。今天天气好，船又不够用，才临时租用你们。"

"这个请你放心！我在这条航道，摸爬滚打也有三四年了，熟门熟路。"

"那就好！"傅连长一副严肃的脸上露出了笑容。

傅连长的视线透过船舱玻璃，看见宽阔的海面上三五只小舢板，十几个渔民在作业，几只海鸥围绕着飞舞觅食；两岸青山连绵，云雾缭绕。

"好美的风景！想起几年前，我带兵打仗，解放洞头。三进三退，第四次才把红旗插上棺材岙。我们都是坐着渔民的帆船过来解放洞头的。我的一个连，战斗到仅剩下十几名战士……牺牲了多少条生命。每次想起，无不让我泪满襟啊！"他低垂着头，仿佛在向这些英烈默哀。良久，他接着说："现今，还是要加强战备！洞头是温州门户，是东海前线，我们不能再来一次撤退吧！"

徐明保等人听了，颇有同感，不禁对傅连长肃然起敬。

"洞头解放两年多了，百业待兴，急需各种物资进出岛。我这艘乌艚，经这次改装，摇身一变成了机帆船。有风驶帆，无风用机器。开起来，比白底帆船快多了！"徐明保拿起身边的一瓶酒，仰脖灌了几口。"俗话说，年轻人靠饭力，老人家靠酒力！我没有这瓶酒助兴，就浑身没劲！"

他一手掌舵，一手抚摸着船板，慢条斯理地说："这艘乌艚，可是我多年的老朋友了！它哪块船板，哪颗铆钉，在哪个位置，我都熟悉。比老婆身上哪里有块疤，哪里有颗痣，还清楚！脑子勤用，才不痴呆；船要常行，才不怕浪！我这人，多喝几口，一高兴，话比跳蚤多，请别见怪！"

傅连长等人听了，开怀笑了起来。

提起这艘乌艚，还有一段历史。

它由福州造船厂建造，乃当年四大名船之一。因其体形宽、载重量大而闻名。于1944年春天从福州购进。徐明保不做渔业生产，专门用于运输，洞头人称作"贩艚"。

他先是从洞头水运海货到泉州、台湾，再从这些地方购进商品返回洞头。后来，发现台湾机会多，就留在台北基隆经营。直到1949年5月初，他听说上海要解放了，温州也将解放，便趁早返回了洞头。

他并非父母亲生，从小被抱养长大。不趁早回去，今后双亲靠谁养老？恰在这时，养母从洞头寄信到台湾，催促他尽快启程，他就从台湾驾船回来了。至于这段经历，他平时很少提起，觉得不值得炫耀。

几个人又聊了一些闲话，傅连长离开了驾驶室。

下到甲板，三三两两的战士在观看海景。进入客舱，椅子和甲板上坐满了战士。有的休息，有的闲谈说笑。他看见后排靠窗的一个座位，单独坐着一个七八岁的小姑娘，低着头在看小人书。

傅连长走过去，故意咳嗽一声，果然引起她的注意。她抬起头，微微一笑，又埋头看书。

"小妹妹，好认真。"

"嗯。"她答应了一声，视线仍然没有离开书本。

"你不晕船吗？对了，肯定不晕船，如果晕船，早吐了！"

她"扑哧"地笑了，合上书本："叔叔真逗！"

"就你一个人？"

"妈妈出去看风景了。"

一名家属过来，傅连长和她打个招呼。知道有人看管小孩儿，便放心离开了。

五

远处的天边有一层浓厚的云团飘荡过来，随即带来一阵小雨。

徐明保心里骤然紧张了起来。他暗忖着，看来，要变天了。这冬日的天气，好比小孩儿的脸，说变就变。他提起那瓶酒，又喝了两口，见底了。他吩咐舵手到他的房间，把白酒取过来。

日常行船，徐明保身为船长，坐在旁边，看着罗盘，观察沿途山形地貌，判断水势流向。偶有偏离航道，指示舵手纠正过来，很少亲自操作。可能现今岁数大了，站立稍久，疲惫发困，精力不够集中。刚才听了傅连长的一番话，担心耽误大事。今天这船上的货物，非同小可。平时做惯了民间生意，何曾运送这批军人？

他把烟头扔在地上,用鞋底轻轻一踩,熄灭了。脚移开,留下一撮灰色的粉末。他又往嘴里塞上一支香烟。

一会儿舵手过来,双手一摊:"我找过了,没酒。"

赵波想起刚买的竹叶青:"我去拿!"少顷,他手里提着一瓶竹叶青过来了。

徐明保笑道:"你这小子,学聪明了!"

他看了包装商标,一手抓住酒瓶脖子,拇指一弹,瓶盖应声而开。喝上一口,赞道:"好酒,好酒!古人有'三春竹叶酒,一曲昆鸡弦'的佳句。《金瓶梅》里,西门庆曾说过,'那酒是个内臣送我的竹叶青'。可见这竹叶青,早年是宫廷御酒,了不得!"他放下酒瓶,用手掌搓把脸,气色似乎好多了。

徐明保把舵手支开,身边没人,悄声地说:"阿波,不瞒你说,我下午左眼一直在跳,心堵心慌,不知何故?想当初,驾驶帆船,在台海遭遇三角浪,海水黑咚咚。眼不惊,心不跳!"

赵波说:"'眼睛抽抽,好事来,坏事休。'可能是这段时间,你日夜操劳过度。等这趟回去,休息几天,便好了!"

徐明保点点头:"可能是。"

赵波感觉徐明保下午精神状态不佳,一直不敢离开驾驶台半步。

海面上,白花花的浪头一阵紧似一阵,狂风刮得桅顶上的小红旗啪啪响。乌艚随着波浪起伏,像悬浮在浪尖上。

徐明保拉起控制线,"叮叮叮"一阵响,轮机长一听,立即把速度降慢了下来。

"噔噔噔",从楼梯口传来一阵脚步声。傅连长跨入驾驶室,劈头就问:"什么情况?"

"海上起风起浪了,我让船速慢一点,俗话说'小心不亏本'。"徐明保的口气显得平静轻松。他不想给这位年轻军官添加负担。在海上航行,这点小事多着呢。"行船人,有两怕:一怕大风大浪,二怕浓雾。其余都是小菜一碟!我们的船只已过乐清湾灵昆岛了,不远就是瓯江口,过大门国际航道,离洞头洋近了。我哪怕摇橹划桨,也会送你到洞头宫口码头!"

傅连长听得发动机声音低闷,船速缓慢,有些忧心,"我怕耽误事。上级规定,这批设备,必须明天上午抵达。"

"那这算起来,也来得及。古人言'将在外,君命有所不受'。自然因素,你也无能为力。"

"好吧,依你言,还是安全第一。"

小芳从二楼船室出来,双手扶着过道栏杆,踉跄地来到驾驶室。看见舅舅在掌舵,赵波和傅连长站在身边。她对赵波附耳几句,赵波听了,扮个鬼脸,笑了。

徐明保说:"你这小丫头,原来阿波上船,是你的主意?"

"舅舅,你要感谢我!"

"什么理由?"

"我帮你挑选了一个好助手!"

"哈哈哈",徐明保笑道,"小丫头,你干脆就说舅舅帮你物色了一个好老公!"

小芳的双颊顿时羞得通红:"舅舅好坏!"

海风吹在身上,又潮又湿冷飕飕的;浪头掀起,船身摇摆得厉害。刚才留在甲板上观看沿途风光的士兵,都躲进船舱里去了。

徐明保把舵柄交给舵手:"我休息一下!人老了,腰酸背痛,不中用了。"

他弯着腰,双手握拳捶了几下后背。挽起袖子,汗毛一根根竖着,又黑又密,好似一片原始森林。

傅连长移过一张高凳:"徐老大,让你辛苦了,坐下来歇会儿!"

"'人无辛苦志,难得世间财'!这点辛苦,不足一提!"徐明保一屁股坐在高凳上,喘口气,扬起黝黑的脸庞,问道,"傅连长,你老家哪里的?"

"我是山东莒县的。"

"我看你年纪轻轻就当上连长,不简单!"

"没有什么。我1945年参加八路军,同年入党,立功十几次!"

"你前途无量!不像我,一生只是做点小生意,混碗饭吃,劳碌命!"

"其实,人的一生,做自己喜欢的事就行了,不必太计较得失。"

"言之有理,知足常乐!过几年,我也该退休了。回家抱抱孙子,闲时种种花草。喝杯小酒,搓搓麻将。去杨府爷宫看看戏,陪老婆子逛逛杭州西湖。到黄山爬爬山,往你们山东拜拜孔圣人。人的一生,一眨眼,就这么过了。"

"徐老大,见多识广,在情在理。领教了!"

徐明保觉得这个年轻军官很合心意,说话投缘,笑道:"阿波，你去厨房拿点吃的东西过来，我要和傅连长喝一杯！"

赵波拉起小芳的手一起去了。许久，小芳端着一碟螃蟹和鳗鱼干，赵波手里拿着两个小瓷碗过来。

徐明保斟满两碗酒："今天有些海浪，不比陆地，可以慢条斯理地喝酒，我们就站着喝两口。傅连长，你是我们洞头人民的功臣，我敬你一碗酒！"

"我在执行任务，不能喝酒！"

"你说执行任务，这没错！想当年武松打虎，没那几碗酒，哪有胆量在景阳冈打老虎？来来来，就一碗！"

经不起徐老大的再三劝说，傅连长才端起小碗，喝了一口。傅连长招呼赵波一起喝，赵波摇摇手谢了。徐明保独自喝了两小碗，也不醉，仅有微醺。

几个人把螃蟹和鳗鱼干吃了。

六

北方沉重的乌云堆积在天际，时而划过一道闪电。暮色四合，远方的大门山脉，留下一道朦胧的轮廓线。

"嘭"的一声巨响，一个浪头掀起一道高大的浪墙；又"哗"的一声，浪花湫从船首直接飘到驾驶室，打在窗玻璃上。船体激烈地摇晃着，发出一阵沉闷的声响。

徐明保用袖口抹把脸上的水珠，从胸兜里掏出怀表，瞟了一眼，下午六点一刻。他注视着罗盘指南针，让舵手沿着航道小心驾驶。他说："傅连长，你还是到船舱里，会舒服一点。"

傅连长边看着波涛起伏的海面边说："不怕，看这浪涛，让我大开眼界。"

两岸裸露出一大片滩涂，有许多大小船只搁浅在那儿。几只海鸥鸣叫了几声从空中掠过海面，消失在迷茫的远方。

徐明保说："十九海水大退潮。阿波，你去船头看看，小心水里的东西。这一带常有'桅礁！'"

赵波应了一声走了。

原来在抗日战争期间，日本海军为了达到封锁温州航道，不让商船来往，抓来大小船只三十余艘，满载石块，凿沉在温州瓯江口附近海域。去年7月，"利群"号客运班轮在此海上触礁。幸亏多方及时抢救，才没有造成人员伤亡。

赵波到船舱里取来一支船用防水手电筒，站立在船头，巡视着水面——忽然发现前方有几道黑影，硬生生竖起几根木头，简直就像幽灵。

他大声喊道："前面海里有木柱，危险！大家赶快拿竹篙顶住，小心相撞！"

水手们一阵忙乱，从甲板上抓起几根竹篙，严阵以待。徐明保传指令，一个紧急倒车，迅速把舵柄往左一推，船头一转，顺势避开了。

"好惊险啊！"站在一边观看的小芳用一只手捂住嘴巴，睁大着眼睛，脸色煞白，双脚都在发抖。

徐明保劝她回房休息，她扶着船板，回房间了。关起舱门，拿本书，倚靠在床上看着。

赵波拿着手电筒，四处来回照射。他巴不得自己多长一只眼，或者有夜视功能，透过黑暗看清前方海况。刚才那一幕，让他还心有余悸。他急促地喘着气，不禁吐了一口水，骂道："什么妖魔鬼怪！"

忽而听着从哪儿传来"咚"的一声闷响，船身颤动了一下。紧接着，又是两声闷响。

徐明保心头霎时掠过一丝阴影。暗忖着，这是什么声音？不好，"永丰"号恐怕撞上海底什么东西了。他急忙喊道："阿波，赶快下舱看看！"

随之，船速又一次降慢了下来。

赵波一个箭步过去，掀开锚舱盖，发现海水已漫进舱。有胳膊一般粗的一个破洞，正"汩汩汩"地往舱内灌水。

"徐老大，锚舱进水！"赵波又跑到第二舱查看，掀开舱盖，十几只木箱堆放在那里，没有发现什么状况；到三舱四舱，木箱底下有积水；再看尾部机舱，也进水了。

赵波一面交代船员到各自房间找些棉被衣物过来，自己则跳到舱里堵漏了。几分钟后，徐明保和傅连长带着十几个战士急匆匆赶过来了。

傅连长看见几个舱都进水了，对小张等人命令道："快快，你们几个跳下去，把箱子抬上来。"

小张和十几名战士跳下舱，一起把几个箱子抬上来。箱子的底部被打湿了，抬上甲板时还在往下淌着水。

"这如何是好？这是一件大事故！你这个家伙，是怎么开船的！这批全新装备，就这么糟蹋了！你叫我怎么向上级交代！"傅连长越说越生气，不禁骂道，"我现在真想一枪毙了你！"他欲向腰间掏手枪，犹豫一下，又把手放回去了。

徐明保低着头，垂着双手，默默地站在一旁。稍停，他说："傅连长，请息怒！请你到驾驶室，我们商量一下！"

傅连长安排战士下舱和船员一起堵漏维修。

徐明保说："阿波，你先上来！"

赵波爬上甲板，浑身湿透，衣服裤子都流淌着海水。

三人心急火燎地赶到驾驶室。

徐明保双手一揖，满脸愧色地说："傅连长，实在对不起！不料发生这种事！今天是农历十九，大潮水，又是流末水，航道浅。'永丰'号载重，吃水深。风大浪急，不小心，才撞上海里的东西。"

傅连长见他态度谦卑，一路也是谨慎驾驶，怒气自然消了一半，反倒觉得自己刚才太冲动。他说："事至如此，你是船老大，看看有什么办法补救？"

傅连长一行没有带上任何通信设备，船上更没有发报机等通信工具，真是与世隔绝。

徐明保说："这暗夜昏天，风大浪高，恐怕少有船只经过。我们只好依靠自己了！按现在船舱进水速度，长约个把小时，短则三四十分钟，船就会沉了。我们要做好弃船准备！'永丰'号自备有四只小舢板，每只可乘坐十人。你们有多少人？"

"一百一十三人。"傅连长说。

徐明保倒吸一口凉气。他想，这几只小船儿，怎能装下这么多人？他说："我们分头行动！能救多少人，就算多少人！"

"就这么办吧！"傅连长说。

从客舱里拥出十几名战士，七嘴八舌，乱哄哄的。刚才有人看见船舱漏水在抢救。

傅连长站在驾驶台,喊道:"全体官兵注意!不准带任何东西,马上到甲板上集合!"

战士们听到命令,把随身武器和行李都放下,从船舱里出来,排好队伍。

在这当儿,徐明保和赵波组织水手们,把四只小舢板先后卸下,放在水面上了。每只小舢板,由一名船员摇橹。

"永丰"号停在水中,随着潮流缓慢移动着。

傅连长说:"同志们,刚才我们这艘船不幸撞礁漏水,不久将会沉没。现在,我命令妇女和儿童先行下船!大家有没有意见?"

场上鸦雀无声。少许,有人说:"没意见!我们服从命令!"战士们齐声喊道:"我们服从命令!"

"好,谢谢大家!"傅连长说,"现在马上撤人!"

几名随军家属带着小孩儿首先下船。有一个小姑娘躲在母亲身后哭闹着。傅连长瞧见是刚才看书的那个小女孩,便问道:"大姐,她怎么哭啦?"

大姐说:"她怕海水。"

傅连长蹲下来,一手搭在小女孩的肩膀上,微笑地说:"小妹妹,叔叔告诉你,这海水不怕,改天叔叔带你去游泳!"

"真的吗?"小姑娘怯生生地说。

"真的!"傅连长说。小女孩点点头,乖乖地和妈妈下船了。傅连长扭头看见一名妇女腿边放着一个大皮箱,"大姐,这皮箱不能带下船。"妇女瞥了他一眼,不理睬。"多一个皮箱,就少了一个位置。"妇女鼻孔里"哼"了一声,把皮箱踢开,气愤地下船了。

傅连长说:"机要人员,出列,下船!"

通信员小张插队排在后面,被战士发现。他结巴地说:"我不会游泳。"

傅连长循声而望,严厉地说:"不准插队!一只旱鸭子。"

小张悻悻地归队了。

七

小芳在房间里看书,不料发困了,睡着了。船身一歪,把她从床上摔滚到地板。她醒过来,打开舱门,愕然了。甲板上站满了人,海里的几只小舢板也是人。她一边喊赵波,一边慌忙跑下来。赵波忙起来,几乎把她给忘记了。正巧有一只小舢板未曾离去,傅连长安排小芳下船。

小芳停下脚步,发现甲板上还有一半多人站在那儿,都是解放军战士。她眼中噙着泪水,问赵波:"他们怎么办?"

"这里离岸不远,你们上岸后,再回来接他们!"赵波有意撒个谎。

"那你呢?"她抬头不见徐明保,"我舅舅呢?"

赵波说:"我们没事,你快走吧!"小芳还在犹豫,赵波跺着脚,喝道,"你快走啦!"

小芳边哭边说:"好好,等我一下,我去楼上拿书!"

"你下船,我去取!"赵波转身冲向自己的房间,推开舱门。床上有七八本书,他匆忙塞进一个袋子里。回首瞥见床侧底下那两袋早上买的东西,想想吃都没吃,就这般白白糟蹋了,多可惜呀!他欲取一袋带走,又恐傅连长见怪,只好作罢。但心仍有不甘,看那瓶竹叶青静静搁在小柜子里,伸手一抓,塞进裤兜里。"有酒也要有下酒菜。"他又抓了一把红枣,嫌少,又抓了一把,塞进外衣口袋里,然后赶紧转身,跑出舱门。

小芳已坐上小舢板,准备离开。赵波把书袋扔了过去,她接住了,放声哭了起来。船上有几名小战士,目睹此景,忍不住,也哭了。他们顾不了什么,"扑通"几声,跳下水了。

小舢板驶离"永丰"号,船体传来一阵"咕咕咕、咯咯咯"怪响,往左侧歪斜。中桅杆"咔嚓"一声,轰然炸向水面。不巧,正砸中一名战士头部,鲜血瞬时染红了海面。其余几名战士,则拼命游过去,抱住那截折断的桅杆,踩着潮水而去。

目送着四只小舢板相继远去,傅连长沉重的心情似乎得到某种慰藉。他长长叹口气:"走一个,算一个,总比被困在这里等死好。"

赵波跑进机舱,看见小张不知何时已过来,用一个小木桶把海水泼向甲板。动作有力而迅速,似乎在发泄某种愤怒。轮机长用棉被堵洞,另两名战士搬来木箱压在上面。无奈海水仍然从洞口的缝隙处灌进来,几个人再使劲用力一塞,洞口又裂开。

赵波看着,不是个办法,但一时又无计可施。他灵机一动,拔腿跑到驾驶室。

"徐叔,我们抢滩!尽量别让机器熄火。撞上山,可以减少损失!"

"这倒是个好办法!孤注一掷,胜败在此一举!"

徐明保传出指令，轮机长加大马力，船头向左来个九十度大转弯，一直往临近海岸冲刺。才开出几十米，船底"咚咚"几声，船身动弹不得，被卡住了。

赵波再到机舱了解情况，海水猛然涌入，机器熄火了。他回头告诉徐明保，"永丰"号已经没有抢救的希望了，即将沉没。

"徐叔，我们尽力了。只好弃船逃生，凭你我的水性，应该没问题。"赵波听小芳说过，她舅舅一年四季游泳不断，哪怕冬天，也经常下水。

徐明保仰天一叹，一副沮丧和无助的表情。

"日本鬼子，阴魂不散，作孽害人哪！阿波，想我明保从小行船三四十年，走南闯北，平安无事！不料今天却栽倒在自家门口的阴沟里，是天数哇！"

"徐叔别自责了！不是我们不会开船，实在是天灾人祸！"

"原来下午我心慌心堵，事出有因，就出在这件灾难上。我以前也曾听老渔民提起，在瓯江口一带，有'桅礁'一事。每次行船到这段水路，都格外小心留意，不曾出半点差错。不料今天却让撞上了！想当年，你父亲被鬼子害死，我这条命，今天也断送在鬼子手里。心不甘愿，死不瞑目哇！我一人死，并无所谓。何故又连累了这么多子弟兵，都是年轻人——年轻人啊！我罪责深重，老天爷是不会饶恕我的！我是船老大，势必负责任！"他喘着粗气，吐口痰，又说，"我知道你水性好，可以游到对岸。回家后，请你转告我家人，要善待父母！"

"徐叔，别这么说……"赵波哽咽着。他从小海边长大，水性好。曾经和渔民比赛，从半屏山沙滩游泳到洞头宫口码头，一个来回没休息，连续四个多小时。累了，四肢不动，仰面躺在水面休息而不沉。

"你要照顾一下傅连长！他不善于游泳。"徐明保说，"你去吧，我很累，坐会儿。"

赵波又安慰了他几句，他摆摆手，赵波离开了。

徐明保取出一支草烟，咬在唇边。他低垂着头，泪水顺着脸颊流淌，滴在衣服上，湿了一大片。伸手去抓身边的一段绳索……

一阵浪头涌来，掀起一排浪花扑向"永丰"号。船身又一倾斜，船上的木箱、行李包和工具杂物，直往海里滚去。慌乱中许多人抓住桅杆、栏杆、绳索和帆布。有几个人站在船沿，一不小心被掀进海里了。

傅连长双手紧紧抓住一节帆布对赵波说："还有其他救生工具吗？"

赵波不假思索地说："有十几张长椅子，几块盖舱板。"

"那也行，我们快去搬来。"傅连长大声呼叫，"同志们，赶快找可以搬动的木板和长椅自救！"说完，他和赵波带着七八个士兵到船舱里拆椅子。

几十名战士，有拆椅子的，有搬盖舱板的，有个战士还找到一根断木头。大家扛的扛、抬的抬，直往海里跳。

跳水声、呼叫声、拍水声、风声和浪声混杂在一起，冲击着人们的耳膜；悲观、恐惧、寒冷、黑暗和迷茫刺痛着大家的脑门。现场一片嘈杂混乱，犹如刚刚经历过一场激烈的战斗。

船体猛地一沉，海水汹涌地涌进船舱，水位迅速地攀升。灯光一闪一闪的，不一会儿，全熄灭了。几个拆椅子的士兵，还来不及逃跑，船体已经没入水中。同时传来一阵怪响，船身似乎在解体。

瓯江口一带的海水，每年十月份以后，受刮西北风的影响，海水会把滩涂上的泥巴搅浑，整个近海都是一片浑浊。待到次年清明后，常吹东南风，带来外洋清澈的水质，海水才逐渐变清。此刻水下灰暗，能见度低，一米之外往往不见人影。

赵波摸到船壁上的工具箱，取出剩下的一支手电筒交给傅连长。打开手电筒，看见几个会水性的，从窗口游了出去。有两个不会游泳，被海水呛着，喘不过气来，猛灌着水。傅连长和赵波伸手往他们后背一抓，浮出了水面。

仔细一看，是小张和一个战士。傅连长就近找了一块破船板给两人当救生漂浮工具使用。

傅连长说："小张，刚才不让你插队，我也知道你不懂游泳，但这是纪律！"

小张双目含泪："我知道，傅连长，对不起！"

傅连长对赵波说："我们分头去救人。"他猛吸一口气，屏住呼吸，又重新潜入水中。发现附近有几个模糊的身影在挣扎。他游过去，一根船木猛然砸中他的身体……

赵波游向驾驶室，有一个人影，认得是徐老大。伸手去拉，却拉不动。原来，他自行用绳索将腰部捆绑在舵柄座上，已经死了，手里还紧紧拽着一个酒瓶。

赵波抱着徐明保的头，欲哭无泪。他在心里哭喊着："徐叔，你为什么要这样做啊，为什么把自己绑起来？你水性那么好，海水根本不会把你呛死,你为什么这么傻?"

八

赵波从驾驶室搜寻过来,发现沉入水中而大幅倾斜的船舱里有个人影。近前一看,傅连长被困在水里,已停止了呼吸。身边还漂浮着几具尸体。

他游回自己的房间,想再看一眼那两袋东西,早已不见踪影。再看床上,被子枕头和挂在床头的一件衣服也不见了。平时自己也就一两件衣服替换,也不曾有什么贵重物品。原想这次来温州,准备带小芳去江心寺游玩,去县前头吃汤圆,去五马街口吃馒头,然后去旅馆开个房间,和她睡觉……这场突如其来的海难,让他的一切想法都成为泡影。

小张和一个战士抓住船板踩着水,赵波游了过去。

"傅连长死了,徐老大还叫我照顾他!"赵波嗓音带着哭腔说,"徐老大也死了,他把自己绑在船上。平常,他水性可好了!"

小张眼角滚出两串泪珠,立即被海水冲掉了。他断断续续地说:"我和傅连长是老乡,刚才我没撒谎,我真的不会游泳!"他嘴唇泛青,冷得发抖。落水时,体内还有一些温度,一旦在水里泡久了,便感寒意四袭,冰冻入骨。

刚才还有几名战士在附近游泳,转眼间一个浪头扑来,倏忽隐没在黑暗中不见了。

小张说:"我不行了。我怕,我不想死!"他张着嘴巴大口大口地呼吸着,双脚在水中无力地摆动着。一只手搭在木头上,一只手划水，尽量保持身体浮于水面。

另外一个战士，脸色苍白，上下牙齿在打架，连话也说不出来。

"你们不用怕，有我在！"赵波说。

他不是不怕，他现在只是不敢怕。如果自己再担惊受怕，事情往往就不可收拾了。与当年台风漂流在海上相比，这种天气，只不过是小巫见大巫。再说提心吊胆，眼下于事无补，又何必瞎操心！

"不瞒你们说，我一见大海，头就发晕。读小学三年级那年暑假，和几个同学去河里游泳，差点淹死。从此，谈海色变。当兵来温州，以为能留在大城市，没想到来海岛，又撞上船漏进水，落水挨冻，命悬一线。"小张说，"你游走吧，不要管我们，我们会拖累你的！"

赵波抓住小张的手腕，瞪起眼睛，气愤地说："你眼睛看着我，我不说假话！要活我们一起活，要死一起死！"

"'人固有一死，或重于泰山，或轻于鸿毛。'我读过司马迁的书。只是自己太年轻，刚入伍不久，又没有什么功绩，就这么稀里糊涂死了，轻如鸿毛，一文不值，枉费了我一腔热血。"小张说。

"徐老大吩咐我看好傅连长，我都给看丢了。你们二人，我不会再看丢了！"赵波说，"你家里还有谁？"

"爸爸妈妈，和一个妹妹。你呢？"小张说。

"妈妈。还有一个——女朋友。"赵波思索了半天，才说，"但不知——算不算。"

"你说最后下船的那位姑娘,我看算!"小张抿嘴笑了笑。海水扑打着他的脸,他用手背擦着被海水眯住的双眼,"她和我妹妹有点像,只是我,不知能不能再见上我妹妹一面。"

"能,一定能!"赵波说。

"我母亲不让我当兵,家里仅有一个儿子。大哥在抗日战争时牺牲了。我中学毕业就想去当兵,做一名军人。你看,现在泡在海里!"

"其实,你比我勇敢。那一年,我在海上捕鱼遇上台风。当时海况好,船上装满鱼,船小鱼多,实在装不下,船舷离海水也就差十几厘米高。但是船老大不甘心将到手的鱼放跑。结果返回时,遇上台风,一个大浪扑过来,船就沉了。我以为自己必死无疑,绝望了。后来是返航的渔船发现了我们,才逃过一劫,捡了一条命回来。"

赵波正说着,水面掀起大浪,一股浑浊的海水劈头盖脸地冲向他们。他顺势头一沉,躲过浪头。一会儿,赵波的脑袋才从水里冒出来,一手扶着木板,一手擦把脸,"今天这点小浪怕什么,我们不怕!"他握紧拳头擂向海水,骂道,"你有种冲我来,我不怕,你别欺负人!"

"可惜我那把崭新又可爱的枪,放在船上,恐怕毁了。"小张咳嗽了几声,军服贴在身上,像被无形的绳子绑住似的黏糊糊的,怪难受的。

"命在,人活着,啥枪没有?"赵波说。

旁边的士兵仰头盯视着小张,又把头转向赵波说:"他是我们连的神枪手。"

"他是我山东老乡。"小张对着身边的战友介绍道,"我小时候用弹弓打鸟,后来用气枪狩猎。再后来不打了,当兵了。连队射击比赛时,不巧得了第一名。"小张嘴角翘起,脸上浮着一丝微笑,似乎沉浸在往日的荣耀里。

"了不起,神枪手!"赵波竖起湿漉漉的大拇指,"回去后,你还当你的神枪手,至于枪嘛,我给你造一把。"

"你会造枪?"小张和战友惊讶地瞅着他。

赵波说:"我做铁匠几年,多少懂一点做枪原理。真正做成一把好枪,还是有可能的。"

"赵兄弟,你真幽默!"小张说。

九

船首翘起,尖尖宽大的俨然一座山峰,却失去了往日劈风斩浪的威武。桅杆竖在半空中,帆布散开,铺在水面,船尾已沉入水中。驾驶室歪向一侧,仅露出水面一角。海上漂着破船板、小水桶、木盆、饭铲、洗锅用的竹刷子等杂物……赵波把视线移开,他不忍心目睹这些自己平时接触的工具和生活用品。在灾难面前,一切化为乌有。

他的心里在隐隐作痛,在滴血。他用牙齿狠狠地咬住嘴唇。他想哭,大哭一场,但哭不出来,哭不出声。想起这艘船就是他的梦想,他的生活所依。一瞬间,烟消云散,好似黄粱一梦。

他说:"船要沉了,会有漩涡,我们游走吧!"他的眼泪滚滚流了下来,"老天爷呀,怎么会这样,太凄惨了!"

小张说:"赵兄弟,别悲伤,'留得青山在,不怕没柴烧'。

我看你是一条好汉,天无绝人之路,我们一定会逃过这场劫难的!"

赵波点点头,战友也点点头,三个人伸出手掌,紧紧握在一起。

海水在翻滚、旋转、撕咬,才几分钟,"永丰"号便不见踪影了。和着还来不及逃脱的一个个年轻鲜活血肉之躯,一同消失在黑暗又冰冷的海里长眠。

赵波对大海一直怀着一颗敬畏之心。此刻,他想大海是邪恶的化身,是该诅咒的怪物,是一头披着黑纱的恶魔。它张牙舞爪,露出狰狞面目,肆无忌惮地捕杀接近它的一切无辜生灵。它让"永丰"号沉没,让徐老大和傅连长身亡,让无辜的士兵葬身海底,让小芳担惊受怕。他恨不得变成一个巨人,把"永丰"号从水中捞出,移到岸上,让被困的人苏醒过来……

三个人把上半身趴在木板上。战友居中间,小张在左侧,赵波在右边。双脚蹬水,一手划水,随波逐流而下。

"要是在夏天,凭一块木板,在水里待个五六天都没关系。只是现在天气冷,水冻,坚持不了几个小时。"赵波说。

"然后呢?"战友说。

赵波摇摇头,双唇紧闭,默然了。

小张说:"我看过一本书,书名叫啥记不得了。依稀记得有关介绍海的内容,'人体在落水后的生理反应,皮肤血管收缩,血流量减少,体温会随着周围温度的下降而降低。一旦人体进入冷水中,便会开始冷却、冻结、麻木,直至——'"

"哎呀,别说了,吓死我了!"战友不等小张把话讲完,便打断他的话，"像你这么说，我们三个死定了。前面那么多的战友跳水逃生，也都没救了。"

"除非有人在这过程中救了他们。"小张说，"如果人在大海中漂，指在船上的人，没有食物和淡水的情况下，可以存活七八天。"

赵波问："这里水温多少度?"

小张把左手插进水里，停留十几秒，再缩回来："大概十七至十八度。"

赵波说："涨潮和退潮的水温也不一样。涨潮凉一点，退潮温一点。"

"这么说，我们才有六至八小时的生命?"战友说。

"我们运气好，有这块木板，可坚持久一点。但也不尽然，要看每个人的体质。"小张说。

战友点点头："听说大型船只配有救生圈或救生衣?"

"像这种情况，有救生衣穿固然好，最起码不会沉水。不过，主要是水冷，冻也冻僵了。"小张说。

这时，赵波才留意这块破船板。

它是一块 2 米×3 米的盖舱板，四边高出六七厘米，以扣住舱口所用。平时干活，需要两人才能搬得动。厚实的木板浮性十足，虽离开母船，破了一角，仍然不影响其发挥作用。

他心底下涌上一股暖情，多亏这块盖舱板，否则，这两个兵哥哥早已不见了，哪怕自己水性再好，也不能带着他们逃生。

赵波说："这块盖舱板，可以坐上两个人不沉。你们先坐上去。"

"那我们也太自私了，让你一人浸在水里。"小张说。

"你们先坐，如果负重不沉，我再坐上去。"赵波说。

"好好！"小张把漂在水里的双腿收起，赵波一手抓木板，一手顶住他的屁股推上船板。随后，战友也爬上去了。两个人军服都湿漉漉的，身子被绑得紧紧的，海水顺着裤脚往下流。

"你也上来，快。"小张说。

两人坐上船板，先是摇晃了几下，又稳定了。赵波也爬上去了。

三个人身体随着波浪起伏着，就像坐过山车，一会儿坠入浪谷，一会儿抛上浪尖。几双手死死抓住木板边沿，才坐稳几分钟，一个浊浪扑来，木板一沉，人掉水里了。几个人又像刚才那样，爬上船板。他们几次爬上船板，又屡次被海水掀翻落水。这爬上爬下，让他们腰酸背痛。还让小张和战友喝了几口海水，呕吐不止。

良久，轻柔的海风从耳边吹过，海浪平缓了。三个人背靠背坐在盖舱板中间，紧挨在一起相互取暖。

赵波从外衣兜里掏出两粒红枣，外皮还湿湿的。

小张和战友盯视着，几乎同时问道："那里弄来的？"

"吃，先吃再说。"赵波说。

两人接过红枣，瞧了瞧，小张说："我们家乡的大枣。"

战友把红枣塞进嘴里嚼着，吞进了喉咙里。他咂咂嘴："特甜！"

赵波又掏出一粒，两人看了看，并没有伸手。赵波放入自己的嘴里。

"还有吗?"战友说。

赵波这回掏出三粒,一人一粒吃了。

有点食物进胃入肚,三个人似乎都来了精神。

赵波说:"早上我和小芳一起去城里买了两小袋年货,准备带回家过年接待客人。不料发生这件沉船事件,就偷偷抓两把红枣塞进兜里。"

"我行李箱里也有几个苹果。"小张说。

"我也带了一包糖果,放在包里。一听全体集合,不允许带东西,匆匆跑出舱。后来一阵忙乎,啥也忘记了,只顾逃命。"战友说。

赵波又把手伸往裤兜,边掏边说:"我还带着一瓶酒。"他像变魔术似的把竹叶青举在两人眼前晃了晃。

"哦,赵兄弟,莫非你是魔术师!"小张大为惊讶。

"快快,还有什么,再变几块肉,几个面包,我肚子饿死了。"战友下意识往自己衣袋里摸着,竟然取出四块小糖果。

每人一块,三个人吃了,心里高兴,都笑了起来。

"喝酒,吃枣!"赵波用牙齿把酒瓶小铁盖儿打开,"来,让兵哥哥先喝!"他把酒瓶让给小张。小张推给战友,战友又推给赵波。

"恭敬不如从命,赵兄弟,你就先喝一口,顺着我们来。咱仨兄弟,就甭客气了!"小张说。

"好好!"赵波拿起酒瓶,仰脖喝了一小口。他递给小张,小张学着样子,喝了一小口。小张传给战友,也喝了一小口。

一时,酒精在体内循环着,身子慢慢暖和了起来。三个人又各喝了一口，感觉手和脚都不那么冷、那么冻了。双手一搓，还暖乎乎的。

"这红枣，这酒，都是你和小芳——你的女朋友一起买的?"小张眯起眼，狡黠地问。

赵波笑一笑，点点头，算是回答了。

十

剩下半瓶酒。

小张脸色微红，带着几分酒气，说："书上还说，'喝酒可以御寒保暖。不过，这种想法是错误的。酒精不但不能产生热能，还会刺激体表的血管扩张，加快血液循环，使人体热量的散发速度更快。'"他顿了顿，咧着嘴笑道，"专家的话也许没错，但我更相信自己的直觉。此时此刻，喝酒就是保命!"

一个浪头"哗"的一声，拍打在三个人的身上，激起一片浪花。紧接又来一个，小张和战友猝不及防，从木板上被掀起的浪拖入水里。又一个浪打过来，盖过头顶，两人一眨眼不见了。

事发太突然，让赵波一时反应不过来。但他毕竟有多年海上经验，迅速跳入水里。左手抓住小张的胳膊，右手拽着战友的衣服，双脚踩水，把两人拖到木板边。

两个人才抓住木板，就呕吐起来，但什么也没吐出来。

赵波发觉小张的手掌在流血。

小张说："刚才抓木板时被浪刮伤的。"

赵波撕下衣服下摆一块布条，一边包扎一边说："在海里受伤，最怕流血——"他还想说下去，但还是忍住了。

"好痛!"小张说。

"海水咸,伤口一泡,肯定痛了。有句话不是说,在伤口处撒把盐吗?就是这个道理。还有一点,你们不知道,波浪一般都是三个接着来,过了三个大浪,就是三个小浪。记得以前到海上礁岩打藤壶,小舢板靠岸,都要乘着小浪才能靠岸,离开也一样。"

"还有这些学问?"小张说。

"在海边住久了,明白一些道理。"赵波说。

"刚才你说在海里受伤,最怕流血。海里有鲨鱼吗?它们会闻到血腥味?"小张说。

"这一带海水,没有鲨鱼。"

"你见过大鲨鱼吗?"战友问。

"我三年讨海,仅捕过一条鲨鱼,并不大,才四米多长。扁嘴,身上布满花斑。渔民叫它虎鲨。当时,我们在南策山南面洋上捕鱼,才放下网不久,它就冲进网中。平时在海里游泳什么的,很少遇见鲨鱼。"

"看来,鲨鱼并不像书上讲得那么恐怖。"小张说。

"你读书多,懂许多知识。我才读一年级。家里穷,读不起。"赵波说。

"我也才小学毕业。"战友说。

"书本是知识,社会经验也是知识。"小张说。

说罢,三个人又重新爬上木板。赵波不禁打个寒战。

陆上温度十一二摄氏度,显然比水里冷。而这一上一下来回折腾,让人忽冷忽热,着实难受。衣服湿了又干,干了又湿,头发湿漉漉粘在头上,被海风一吹,浑身透心寒冷。

小张把双手放在嘴唇上哈口气,用力搓着双臂双腿:"这样暖和。"赵波和战友也学着样,双手双脚运动起来。

"我真想站起来蹦跳几下,可惜这地方太小了!"战友边搓手脚边说。

"我这个老乡是一名文艺骨干,多次参加部队文艺演出,尤其他跳舞,特别好看!"

战友说:"见笑了,一般般了!"

三个人都笑了起来。

方才被海浪一折腾,竹叶青跌落水里了,口袋里剩下的几粒红枣不翼而飞,战友那块糖果,也不见踪影。

赵波说:"都怪我粗心大意。心里一高兴,就忘了,以为这是在船上。"他自嘲地摇摇头,"这酒,就当孝敬龙王爷了!"他双手合掌,默念了几句,满脸肃穆和虔诚。

天空蓦然下起小雨,愈下愈大,好似银河倒泻,倾盆如注。豆大的雨水噼里啪啦就像一颗颗流弹击中他们的躯体。三个人就这么坐着,没有回避、没有遮挡、没有胆怯,任凭暴雨肆虐;像三棵南洋杉、像三块岩石、像三座雕像,岿然不动……

过了一阵子,雨突然停了。像刚才一样,来也匆匆,去也匆匆。

小张缩着脖子,双手夹在腋窝下,闭着眼。嘴唇苍白如一片白纸贴在皮肤上,颤抖的手指变得水肿发白。

"我恐怕不行了,太冷了。冬天下大雪,湖上结冰,也不曾这么冷。脚和手都麻木了,动不了了。"小张花了很大的力气,才把话讲完。

"那就别动,保持体力。我们会被退潮带到岸上的。"赵波说,"每次打台风,狂风巨浪总会把海里一些漂流的杂物冲上岸。什么树枝、竹子、麻绳、破木头之类的东西。大海好像用这种方式在清扫垃圾。"

"我倒希望我们三个人都是那些树枝、破木头。"小张的话,惹得赵波和战友一同笑了起来。

"对,我们就是那些垃圾!"赵波说。

"对,活的有用垃圾!"战友说。

"为垃圾干杯!"小张稍微抬起左手,做个握拳姿势,空中似有一酒杯,一仰头,干了杯中酒。赵波和战友模仿他的动作,一起干杯。

"太可惜了,那半瓶酒丢了,或者我们还可以喝上几回,暖暖身子。"赵波说,"如果我们这次大难不死,回去后你们准备干什么事?"

小张和战友听了,一脸的懵懂,一时回答不上来,双双盯着他,想从他的眼神里寻找答案。

"我早想好了,回去后,就和小芳结婚,然后生一大堆孩子——"赵波说到这里,他的话卡住了,回忆起与小芳在一起的情景。

小张思忖片刻,好似受了他的话启发:"读中学时我有个女同学,现在也有书信往来。但是——只想喝碗玉米粥,吃几个馒头,好好睡一觉。"

"我啥也不想,想多也没用。"战友若无其事地说,"我肚子太饿了,一点力气都没有,只想喝粥吃馒头。"他咳嗽了几声,鼻涕都流了出来,颤抖着嗓音说,"军营里,这个时间早该吃晚饭了。"他又接连打了几个喷嚏,"恐怕我感冒了。平时着凉,我连打三个喷嚏,便是感冒的征兆。"

"还好,不烫手。"小张摸一下他额头,又用胳膊推了推赵波的肩膀,"赵兄弟,感谢你对我俩的照顾!"

"没什么。换成你,也会这样做!"赵波说。

"管仲曰:'善人者,人亦善之。'"小张赞许地点点头,"现在船没了,今后你有什么打算?"

"如果能活着回去,船总会有的。没有'永丰'号,还有'永乐'号,'永泰'号。我们洞头宫口,有许多这类的运输船。只是我最中意'永丰'号。这行船闯海,我是走定了!"赵波说。

"好,有志气!"小张说,"我补充一句,将来,我一定要当一名好战士,然后当将军,行军打仗,所向披靡。"

"我也一样想当军官,指挥千军万马,那多带劲!我就是冲着这个来当兵的。"战友说。

"你看那《三国演义》赵云,《水浒传》林冲,《封神演义》姜子牙,是何等英雄好汉!"小张说。

"好好,等你们两个都当上将军了,我也当上船老大了!"赵波说。

三个人又笑了起来。

从水里漂过两具尸体,一条破木板和几段麻绳。赵波捡起麻绳,一头从船木的破洞里穿过,一头扎在小张的脚踝处打个活结。又在战友腿上如法炮制。

"这是干吗?"小张不解地问。

"说不定下一个浪头又把你们两个给冲散了,我又要去抓回来。怕那时没力气,拖不动,反而受累。这样,我就省心了。"赵波答。

"你干吗不把自己也绑上?"战友说。

赵波说:"我平时游泳,往后一仰,四脚朝天,或把双手夹在腋窝下,都不沉。这几年冬天,我常常是太阳一出来就下水游一圈再上岸吃早餐。到了'永兴'号后,也一直坚持下来。"

"啧啧啧,"小张竖起拇指,"对我来说,简直不可思议。怪不得你有这身好体格!我回去后,向你学游泳。"

"坚持锻炼,你也会。听说解放军在泗渡训练时要负重几十公斤武器。"赵波说。

"是的。我入伍不久,估计以后会有这种训练。"小张说。

十一

漆黑的夜幕中闪烁着几颗小星星。大门岛和倪屿山在夜色中隐隐可见。

赵波寻思着,看似近在眼前,但要到达山脚下那片海滩,却要经过千难万险。按现在这股潮水,应该是涨潮了。一旦涨潮,潮水就会带着他们往大门岛漂。漂啊漂啊,漂到天亮,就好办了。这一带渔船商船经常经过,总会被人发现。他忽然觉得整个大海仅剩下他们几个人;危机四伏的浊浪,恰似一座座移动的小山峰,随时随地将人卷走而葬身海底。

他在心里默默念叨着,要坚持,坚持就赢。他往自己大腿上狠狠拧了一下，还觉得疼。又用手拧手臂、肚子、小腿。用十指当梳子，一遍又一遍用指甲抓挠头皮，让其发痛。他不让自己发困，保持时刻清醒，否则后果便不堪设想。

小张双手抱住大腿，让脑袋靠在腿上，闭着眼，似睡非睡。战友蜷缩着身子在发抖，眼睛似睁非睁漠然地望着黑洞洞的前方某处发呆。

赵波靠着他俩的肩膀，担心他们发困睡着了，那就没救了。

"喂喂，两位兵哥哥，你们讲讲话啊！"

两人一声不吭，毫无反应。

赵波脑子里琢磨半天，不知该讲些什么好。少许，他自言自语："竹叶青，是一种浑身绿色又美丽的小毒蛇。有一次我在家里的后门看见它躲在石缝里。它也看见我，我们四目相对，我还是有点怕。竹叶青变成了酒，可壮胆救人。那天'永丰'号螺旋桨被渔网缠住，我灌了半瓶竹叶青下海，用砍刀割网。小张说海水十六七摄氏度，在陆地上是穿着衣服，并不觉得冷。而在水中，十六七摄氏度，相当于光溜溜的不穿衣服。如果让你光溜溜站在光溜溜的山上，无遮无挡，你能坚持多久？现在倒好，红枣没了，酒也没了，糖果也没了，船也没了。还好，人还在！"

浪花时而溅在他的头发和脸上，海风吹着湿漉漉贴在身上的衣服，有一种掉进冰窟窿的感觉。

"其实，你们来洞头当兵，算是走对了。改天，我带你们去半屏山、仙叠岩游玩。还有许多好吃的鳗鱼干、鱼丸、番薯粉煎、梭子蟹。我们这里的姑娘，热情可爱……"

赵波边说边望着两位兵哥哥，他们仍然无动于衷。他用手掌猛击两人的手臂。铁匠的手还是有几分力度的。

"啊哎，你打我干吗？"小张半睁着眼睛问道。

"好痛啊！"战友哼了一句。

"我怕你们睡着了！"赵波说。

小张说："你讲的什么螃蟹，什么鱼丸，我听了都流口水。"他用舌头舔嘴唇，又咸又涩的海水让他不禁把舌头吐出来，又缩回去。

赵波口干舌燥，喉咙连吞口唾沫也困难，叹了一口气，沉默了。

他想，小芳那几只小舢板应该靠岸了，人也应该安全无恙了，也许正派船前来搜救他们。他神思恍惚，喃喃自语"小芳，小芳"便昏迷过去了……

阳光明媚的半屏山沙滩，人头攒动。赵波和小芳在海里嬉水游泳。玩累了，两人躺在沙滩上晒太阳……霎时，乌云密布，飞沙走石，滔天巨浪扑面而来……

赵波浑身一颤，打个盹儿，惊醒了。想起梦中情景，不禁让他毛骨悚然，浑身起鸡皮疙瘩。

三个人孤零零地漂流在海上，好像三只离群的大雁；孤独、失望和惊恐，逐渐吞噬他们的肉体和意志。

耳边传来一丝微妙的声音。

借着朦胧的夜色，赵波警戒地用手电筒四处照射。这里除了海水，还是海水。从手电筒的那束光影中，赵波倏然发现十几米的地方有几个脑袋露出水面，随着波浪上下晃动着。

他心里一阵高兴："小张，那里还有人，我游过去看看！"

他动一下手脚，觉得酸痛和麻木。咬咬牙忍着，滑入水里。水中温度仿佛暖和了一些。他缓慢地划水过去，一下又一下，越游越快。临近时，看见三名战士在水中挣扎着。

他喊道："喂喂，你们怎么样？"

战士望见他，围拢了过来。

小张和战友两人跪在木板边沿，用手当桨，奋力划着。浪花在木板前溅起，手臂划酸了，木板并没有按照两人的意图往前漂，而是在原地团团转。小张伸下脚，让战友学着自己蹬水。

"我们像划龙舟一样，步调一致。一二三，一二三。"心中只有一个念头，快快，再快一点！两人手脚并用，小船板在一阵阵"哗哗"水声中，飞快地往前驶去。

三个战士一把抓住木板，久久才喘上一口气。

一名战士说："我已坚持不住，你们再不来，我就沉下去了。"

赵波说："你们是哪里人，水性蛮好的！"

战士说："我们三个都是本地的。我是乐清人，他们两个是瑞安人。"

十二

风平浪静。木板在海水浮力的作用下顺着潮水沿着海岸线悄然漂去。夜色中似乎有几点灯光由远而近缓缓移动过来。

赵波睁大眼睛，一眨不眨地足足望了二十几秒钟才确认，这是几盏船灯，是机帆船。旋即，海风传送来了一阵微小的马达声。赵波可以分辨这种机器马达声，是机帆船、货轮、客轮或海军的小炮艇。

"突突突"的马达声愈来愈近,仿佛天籁,让大家都抬起头,四处张望,寻找这声音来自何处。当确认是一艘机帆船从前方驶来时,几个人大声呼叫了起来,并用手臂挥舞着。

赵波伸手往裤袋里一摸,掏出手电筒,按下按钮,还亮着。只是像一支风中的残烛,随时都有熄灭的危险。他举过头顶,对着渔船方向照射,又在空中摇晃着。才一会儿,手电筒熄灭了。

渔船驶近了,仅有三五十米,几个人再一次呼喊,边喊边用拳头擂击木板和拍打海水,想弄出一些声响,以期引起船上人的注意。无奈渔船仍然往前行驶,从他们的眼皮底下,按照航道的指引,驶远了。大家面面相觑,没有讲一句话。也许此刻每句话,都是多余了。四周又被黑暗所笼罩,归于寂静……

清晨的一缕阳光照在滩涂上,一只小螃蟹匍匐地爬动着,用大螯咬着一只手指,手指机械般地抽动了几下。几个赶早潮下海抓蛏子、挖蛤的村民,发现滩头上躺着几个人,浑身泥浆,旁边搁着一块船板。

一个村民上前呼叫了几声,赵波迷糊地睁开眼,村民兴奋地对同伴说:"这里还有个活的!"

赵波问:"这是哪里?"

"倪屿。"村民答,"昨晚四只小舢板的人都被我们救了。这么冷的天,你们泡在水里,还活着,真是奇迹!"

几位村民搀扶着他们这六个人,深一步浅一步地从滩涂跋涉上岸了……

本次海难事故,"永丰"号共载乘员一百二十一人,五十四

瓯江船殇

人获救，六十七人不幸遇难。其中有解放军官兵六十五名，船员两名。事后，温州港务部门和驻军部队共同对瓯江口沿线进行全面彻底排查，清除了海底残存的桅礁。从此，来往船只触礁事件绝迹。

血染拓碌河

一

一九三九年二月十日至十二日，日本陆军台湾混成旅团、海军陆战队兵分两路，分别从海南岛澄迈湾和三亚榆林港登陆，开始了侵略海南岛的军事行动。

当日，蒋介石对外国记者发表谈话，认为日军侵占海南岛，无疑是太平洋上之"九一八事件"。同时，法国、英国驻日大使都向日本政府质问日军侵占海南岛之意图。

一九三九年六月十四日，琼南地区某报头条新闻："日军驻琼司令长官江波虎，在前往琼岛地区最大的黄流军用机场视察工作途中，遭遇土匪伏击，连中两枪，当场身亡，凶手畏罪潜逃……"

羊家村的东门有一株酸豆树，百年树龄，五六个人才能合抱。平日里遮风挡雨，骄阳下阴凉如盖。这棵树与周围的大榕树、木麻黄树连成一片。一年四季白鹭成群，巢穴丛生。这些小精灵，颇通人性，与人类和谐共生存。

羊志忠村长和几个村民在酸豆树下围着一张小桌，喝着早茶。炎热的大暑天，把人也变得懒惰和松散了。它促使人们放慢节奏，享受这种安逸平静的生活。

羊志忠，五十出头，中等身材，上着灰色中山装，下套黑布裤，穿双黑布鞋；方形脸，戴着一副老花镜，留八字胡；黑白相间的头发往后梳着，头额和两眉之间有一道像弯月的疤痕，那是儿时摔伤留下来的痕迹，就像琼剧里包公脸部的印痣。

从村外小路来了两个人。一个是中和镇萍塘村的邢保长，他年近六旬，长褂披身，是羊志忠爷爷的门生。羊公曾经在县城里当过多年私塾先生。此后，邢保长一直把羊家当作自家人看待。

另外一个是符策力。他三十余岁，身材微胖，戴着一个浅黄色圆帽子，双眼透着一股坚毅。三年前，他跟随叔叔去南洋打工。前些日子，听说日军在三亚田独镇开采铁矿，把全村的青壮年都抓去当劳工。他父亲和兄长也被抓，在采矿过程中矿井发生坍塌，不幸遇难。他一怒之下，只身从南洋赶回来，找鬼子报仇雪恨。他带来一笔钱，准备购买武器。

日寇占领海南岛后，为了防止村民反抗暴动，在占领区没收民间铁器，规定五户人家只许共用一把刀，还限制人身自由，夜间不准群众三五成群交谈等等。如此一来，符策力纵然有满腔仇恨也无从报起，总不至于赤手空拳与鬼子拼命。他想到了一个人——铁匠羊展才。

在离开海南岛去南洋之前，他和铁匠就是从小一起玩到大的哥们儿。结果，铁匠满足了他的要求，赠送了他一些武器，而且分文不取。此事，让符策力感动不已，总觉得欠了羊家人一份人情。后来，羊村长将他举荐给邢保长，邢保长就让他加入红梅山游击队。

羊志忠看见两个人走过东门吊桥,急忙迎上前去,笑道:"邢叔,今天您怎么有空过来?"

"今天天气好,久不出来,活动一下筋骨。"邢保长说。

符策力是这里的常客,羊村长招呼他入座喝茶。

邢保长和在座的几位寒暄几句,看见四周人来人往,声音嘈杂,压低嗓门说:"这里不便说话,换个地方。"

羊村长会意,几个人离开东门,往杨家祠堂过来。

二

北宋时期,杨家前赴后继,精忠报国,六十多岁高龄的佘太君也挂帅上阵。为了给杨家留下一根血脉,佘太君特意安排杨家族人中的一支,远走他乡。从山西到河南,从福建到天涯海角。为掩人耳目,免招是非,就把姓本杨,改为羊,隐名埋姓,延续至今。从流落琼岛的二十几号人,几经变迁,繁衍生息,已有一千余人。

杨家祠堂,是一座具有浓厚民族特色的古建筑,它始建于清光绪三年,是两层建筑,三间大开门,面积约三百平方米。正门涂画着尉迟恭、秦叔宝的神像,门后上方搭有一舞台。大厅里的四根柱子,分别用花岗岩雕刻着四条栩栩如生的蛟龙。一楼大厅和二楼两侧是观众席,可容纳一两百名观众。

内殿,中间供奉着杨六郎的神位。这座用檀香木雕塑的如真人般大小的神像,安详地端坐在那里。神位前面是一张木质台桌,上面长年累月摆放着一些供品,香烛昼夜明亮。墙面四周和天花板，雕刻着各种图案，或雕龙画凤，或小桥流水，或丹阳松鹤，惟妙惟肖，具有较高的艺术水准。

几个人进了大门，径直到祠堂内殿左侧明德厅。众人在一张桌子边坐了下来。羊村长摆弄着工夫茶，给在座的几位泡了白沙绿茶，香烟缭绕，气味飘逸。

羊村长说："邢叔，有啥要事，让你这么操心？"

"阿忠啊，这事大啦，非老头子跑一趟不可呀！"邢保长喝了一口茶水，忧心忡忡地说，"听说日本人近日要对周边几个村庄'扫荡'，我怕羊家村万一有个好歹，对不起恩师羊公啊！"

"多谢邢叔关照，小辈没齿难忘！"羊村长双手抱拳作揖道。他从茶几里拿出水烟壶，装上烟丝，和着火柴卷纸一同递给邢保长。他知道邢保长爱来两口。

邢保长接过来，点了烟，抽上一口，说："阿忠啊，日本人早就对我中华虎视眈眈：从一九三一年的九一八事变开始，可谓蓄谋已久唉！蒋介石政府多次对共产党的'围剿'，使国家陷入内战泥潭之中不能自拔。日本人正是利用这种千载难逢的机会，侵占我国。现在，整个琼岛便成了日军的囊中之物。当今社会秩序，一片混乱，治安恶化，匪贼横行。我们自家兄弟尚且如此，更何况外邦人趁火打劫！"

羊村长用手掌往脑后梳了一下头发，又擦了一把脸，接过话题说："是啊，中国地广物博，历来都是外国势力集团争相掠夺的对象。自1840年鸦片战争爆发，到1912年清朝灭亡的七十二年间，清朝政府同外国政府签订的不平等条约共有一千多件。这些条约主要是中国同俄国、英国、美国、法国、德国、日本等西方列强及一些国际组织签订的。可叹啊,可恨啊,可悲啊!一个有钱的财主,往往是匪徒抢劫的对象;同样,一个无能的大国,只有被列强宰割的份儿。"停顿片刻,羊村长说,"日军为了将海南岛变成其在太平洋战争中'永不沉没的航空母舰',封锁了出海口,整个海南岛与内地的联系几乎隔绝,成为孤岛。当前国人面临的最大问题,就是一致抗日。我们是屁股坐在羊家村,头脑里想着全岛。有时,也想想全国形势。"

"阿忠啊,拓碌铁矿是我们琼岛的一笔财富,只不过让日本人盯上了,就变复杂了。我看哪,日本人这次是'项庄舞剑,意在沛公'。"邢保长把水烟抽得咕咕响,腾云驾雾,"日军天天在抓壮丁,准备开新矿。"

"昨天,有二十几个黎族人从山里跑出来,到我们村里。他们是在日本兵'扫荡'时躲进深山老林的。他们说,宁愿饿死,也不给日军当苦力。"羊村长说。

"日军一方面对各个村进行'扫荡',一方面抓人当劳工。"符策力说,"我们暂时没有实力跟鬼子对着干,但我们一定要拖住他们后腿。偷袭、破坏、骚扰,让鬼子时刻不得安宁。"

"符策力讲得对!鬼子有鬼子的做法,我们有我们的对策!"邢保长清了清嗓子说,"今天在座的都不是外人,都是羊家的栋梁之材,都是自己人。我也不瞒各位,我名义是保长,真实身份是中共地下党员,符策力是红梅山游击队指导员。"

羊村长和在座的几位静静地听着,眼里流露出不仅是惊讶,还有敬佩的神色。

"根据中共琼崖抗日独立总队首长的指示,我们准备在羊家村建立抗日革命根据地。经过调查，羊家村群众基础好，地处山区，适合建立根据地的各项条件。"邢保长说，"阿忠啊，你意下如何？"

"我们可以吗？"羊村长似乎对刚才听到的这个消息还没有做好思想准备，令他大出意外的是邢保长竟然是中共地下党员。这些年的交往，真是滴水不漏。更让他欣喜的是，符策力成为游击队指导员了。可见自己当初没有看错人。

"当然可以！"符策力说，"然后，我们动员群众，与敌人展开坚决斗争！"

"好，就这么定了！"羊村长说，引得在座的几位鼓起掌来。

"那太好了！"邢保长举起茶杯，"我们以茶代酒，表示庆贺！"几个人把茶杯一碰，将茶水一口饮尽。

符策力说："羊叔，目前你们共有多少子弟兵？"

"估略算一下，有三四十人。"羊村长笑了笑，"说白了，也就是平时那些打猎的和喜欢舞枪弄棍的子弟。"

"也好，一步一步来嘛！我们先组织一支五十多人的民兵武装中队，然后再发动群众，扩大队伍，成立常备队。待条件成熟，村里还要成立农协会、妇救会、自卫队等组织。冯队长说过一句话，'山不藏人人藏人'，我们要做好与日军长期的斗争准备。"符策力说，"据我们得到的情报，羊家村的西南是北黎日军司令部，东南是新宁坡日军据点，西北有水流东日军据点，东面有钓鱼岭据点，处在日军的四面包围之中。但是，羊家村也有地势山脉、原始森林阻隔的优点。进可攻各个据点，退可到五指山。"

几个人又商讨了一些事,临别时,邢保长从腰间掏出一把手枪:"阿忠啊,这是汉阳兵工厂仿制的德国二十响驳壳枪,你留着,万一有用!"

送别邢保长和符策力,羊村长的心情久久难以平静,仿佛觉得自己肩上的担子更重了。

三

众人散去,羊村长特意留下大儿子羊展鹏。

羊村长走到杨公的神位跟前,打开一个小门,来到了一个暗室。

这个暗室,十来平方米,地上放着一两件香烛,墙角一张小桌子,点着煤油灯,有个人坐在那儿抽着烟。看见有人进来,他把烟熄灭,喊声:"羊叔!"

羊村长对儿子介绍道:"他就是杀死日军司令官,我们的勇士陈振民!"

陈振民,二十多岁,个子不高,又瘦又黑,头上缠着黑色头巾,穿着开襟黑色上衣和黑色直筒裤,用一条黑色布巾缚腰。

羊展鹏说:"敬佩,真英雄啊!"但是怎么看,都与他想象中的英雄好汉相差十万八千里。

为了避人耳目,陈振民一大早就偷偷跑过来找羊村长。

"振民,外面情况怎么样?"羊村长说。

"昨天,有六七卡车的日本兵,往拓碌岭方向开过来。"他停顿一下,叹道,"我有点后悔,杀个日本兵,连累了官原村一百多人。只是、只是我两个妹妹,都被日本兵抓去当慰安妇。我誓要报仇！"陈振民当时暗杀日军司令官就在官原村附近，日军前来报复，该村惨遭一场浩劫。全村人被杀，并扔进水井里掩埋。这事让他心情异常沉重和难过，如同一道阴影隐藏在心里，久久不散。

"振民，你不用自责。这不是你的错，是日本兵的错！"羊村长安慰了他几句。

"羊叔，听说日本兵霸占了拓碌岭铁矿。"陈振民说。

"那可是我们的宝藏啊！"刚才听邢保长提起，现在陈振民也这么说，羊村长自觉得一股凉意直冲脊梁骨而来，不禁打个寒战。他掏出水烟壶，点燃烟丝，长长吸了一口，陷入沉思……

清光绪初年，经过几代人苦心经营，羊家人丁兴旺，是远近闻名的大家族。那年秋天八九月份，受到台风影响，连续十几天的大暴雨把羊家村一夜之间变成泽国。陆上可行舟，屋里可捕鱼。

羊家人，作为外来人口，当年在选址定居时，就选择比较偏僻的地方——拓碌岭半山腰。后来，为了便于农作物耕种与外界的联系，新增添的人口就往山下的平地迁移。久而久之，山上的船形茅草屋就没人居住，荒废了；而山下平地，用岩石盖起房子，就慢慢变成现在这个具有南洋建筑风格的自然村。

这场大雨过后，羊家人痛定思痛，"亡羊补牢，为时不晚"，决定大兴水利。不仅是为了解决水患，还是关于羊家村长治久安的问题。

羊家村，地处琼岛西部的崇山峻岭之中。它东有钓鱼岭，西有金凤山；北靠拓碌岭，南面良田一片。拓碌河顺着金凤山脚下绕村而过，钓鱼河自五指山河道由北向南，与拓碌河汇成一处，流入大海。按地理环境位置，这确是宜居的风水宝地。可是，一旦山洪暴发、暴雨成灾、山体滑坡，拓碌河和钓鱼河就会造成水浸房屋、冲毁农田、家畜死亡等自然灾害。

说干就干，羊家全村老少，就像当年的愚公移山，开始了浩浩荡荡、旷日持久的水利工程建设。这一干，就是十几年。

拓碌河，河面开阔水浅，平时人畜都可以蹚水过河播种庄稼或狩猎；河里有大小不一的岩石，家妇洗刷完了衣物往上面一放，是个天然的晾衣台；时常可见左邻右舍的孩童，光着脚丫、赤着腚在水潭里抓小鱼、小螃蟹；岸上，绿树成荫，白鹭常年在这里繁衍生息……

羊家的计划就是打掉拓碌河里的那些大岩石，让河道变深变宽，加固堤岸，以此达到泄洪的目的。工程如期进行，羊家人用铁钎、铁锤和炸药；用汗水和毅力，顶着高温酷暑，夜以继日地劳作着……

堤岸加宽加固了，还剩下大量岩石。于是，他们做了一个英明的决定，用这些岩石，再砌一道围墙，绕全村一周，既可防止外人进村肇事盗窃，又可防止自家牲畜糟蹋农作物，真是两全其美。在后来开采拓碌河岩石的过程中，又意外地发现了铁矿。

陈振民从口袋里掏出一片用艾叶包着的槟榔，丢到嘴里嚼了起来。

"小时候，我就知道拓碌岭有铁矿。我们村里的人，在拓碌岭后山，挖个山洞，弄些矿石来烧，铁水就流出来。用铁水，打一些镰刀、锄头、犁，还做了打猎的长短火铳和山猪炮（这个山猪炮，其实就是手雷，因经常用于打山猪而得名)。我们黎族人，从小就会使枪做炸药！住在山里面，天天和野兽打交道，不懂这些可不行！那天，我就是用两把短火铳干掉日本官江波虎的！"他嚼着槟榔，嚼得脸色通红，额头上的汗水都冒了出来。

羊村长说："鹏儿，从明天开始，你安排几个弟妹，把爷爷那群山羊，赶到钓鱼岭。既是放牧，也是站岗放哨，日夜轮流。钓鱼岭是进入咱们羊家村的必经之路，又是制高点，便于观察。一有情况，马上报告！"

"好。"羊展鹏说。

羊村长把目光停留在陈振民身上，说："振民啊，你现在的身份非同一般，日本人四处张贴告示，用五百两银子奖赏你的人头。此事已传得沸沸扬扬，你可千万要小心啊！"

四

拓碌河，羊家人的生命之河。

全村一千多人的生活起居全部依赖这条河里的水，这水清澈纯净。前辈当年治理拓碌河的时候，就考虑到这一点。在河畔挖了几口大水井，供人饮用。两岸凤凰花正值时节，红了一片又一片，花瓣随风飘逸，落入水中，如诗如画。一条大堤连接两岸，在这大堤上面河床，每相隔五十来米，又有几道梯队式的低矮拦河坝，河水潺潺。清晨的河边到处都是人，有洗衣物的，有挑水的；有在树底下练功夫的后生仔，有坐在岩石上一心读书的学童……

羊玉鹭在河边洗衣服。她芳龄二十一岁，穿着一条开襟无领上衣，套着花筒裙，长发梳理得整整齐齐地垂在肩后。可能因为妈妈是黎族人的缘故，她特别喜欢这套妈妈花了几个月时间用手工编织成的服装。

树梢上栖息着几只白鹭。白鹭，是羊玉鹭形影不离的小伙伴。据说，妈妈怀她那段时间，有一次梦见一只白鹭飞入腹中。她出生后，母亲就给她取了这个名字。十几岁的一天，她追赶着一只花蝴蝶钻进屋后这片树林里。发现地上满是白鹭的碎蛋壳和白白的鸟粪，还有一只刚出生不久、羽毛还没有长出来的小白鹭，躲在草丛里发抖。近两天，这里雷雨交加，小家伙受雷雨惊吓，不慎从树上掉了下来。

羊玉鹭小心翼翼地把小鹭捧回家。父亲见状，帮她做个鸟笼。养了两年后，白鹭长大了，就把它给放了，但在其小腿上绑了一条红丝带，作为日后的印记。几年后的一天，一只成年白鹭飞到她窗前，其腿上居然还绑着那条红丝带。原来，就是当初被救的那只小白鹭。现在，羊玉鹭走到哪儿，白鹭就会跟到哪儿；有时三五只，有时一小群。白鹭，几乎成了她生活中的一部分。

陈振民背着双手，走起路来一摇一晃的；脚步轻轻地像是生怕踩死一只蚂蚁。他的样子很滑稽，每走一步，身子前后摆动，宛如一只蚂蟥一拱一拱的。他的手上，拿着一束刚从树上摘下来、还沾有露珠儿的凤凰花。

羊玉鹭提着一个木面盆从河边上来。看见陈振民站在哪儿，傻傻的样子，挺好玩的，不禁扑哧一声笑了。

陈振民说："这束花——送给你，不知你喜欢不？我看你比花还漂亮！"平时看起来这小子挺老实厚道的，自从认识羊玉鹭以后，嘴巴也变甜了，脸皮也变厚了，笑得也更灿烂了。看来，爱情这东西，是一服灵丹妙药。

羊玉鹭接过鲜花，甜甜地笑了。

在杧果园，陈振民、羊玉鹭，还有羊家几兄弟，满怀喜悦地把一筐筐杧果装上牛车；在金凤山下的那片橡胶林，陈振民、羊玉鹭和村民们挑着一担担像牛奶一样白的橡胶乳汁；在黄流海边的沙滩上，陈振民和一群羊家兄妹在撒网捕鱼；在月光下，陈振民和羊玉鹭依偎在一起……

羊玉鹭家，一家人围坐在一起吃饭。有从拓磔河捕捞的鲫鱼，田里种的瓜果蔬菜，还有刚收割水稻煮成的大米饭。香喷喷的农家菜，让人食欲大增。

老爷子说："大家好久没有坐在一起吃饭了，今天我很高兴啊！"

羊志忠说："阿爸阿妈，你们以后就住这边了，省得两边跑来跑去！"

"我怕你二弟不高兴，说我偏心！"老奶奶性格开朗，深得子孙的爱戴。

羊家人都有这种尊老爱幼的传统美德，即父母岁数大了，都是兄弟之间轮流赡养。有孝之子，都想父母亲多住几天，尽享天伦之乐；不孝之子，却巴不得推掉这份累赘。

"奶奶，我跟二叔说去，以后就住我家了。多给燕子讲讲咱们杨家将的故事，让她多懂一点知识！"羊玉鹭说。

羊展鹏说："奶奶，我看爷爷也该清闲了，那群山羊，不要自己去放养，交给展鹰去管好了。"

"爷爷闲着也是闲着，放了几十年山羊，就这么过来了。"老爷子笑哈哈，"过了今冬，不养就不养了，闲来就陪陪你奶奶！"

老奶奶听了这话，回过头来，对着老爷爷笑着，可见到嘴巴里掉了两个门牙。

"爷爷，你啥时去放羊，我也去。"燕子说。

"好好！"老爷子用手摸了一下白胡子，龇着发黑的老牙笑了。

"阿妈，听邻村人说，前几天日本兵抓了几个姑娘。为了安全，你和鹭妹、燕子就先到五指山亲戚家躲一躲。"羊展鹏说。

"先不躲吧，等风头紧了，再躲也不迟。"羊妈妈还保留着黎族人文脸的习惯，嫁到羊家都有二十几年了，脸上还清晰可见那一条条褐色的文印。她爱抚着小女燕子的头说："日本兵也是父母生的，干吗要打打杀杀，太没人道了！可怜你们外婆一家，死得好惨，阿弥陀佛！"她想起母亲一家三口惨遭日军毒手，不禁黯然泪下。她是个虔诚的佛教信徒，平时除了忙家务事外，一有空，就拿出那串用黄花梨做的佛珠，念经拜佛。

大家一时悲从心来，都沉默了。

良久，羊村长才开口道："鹏儿，日本兵这几天有什么动静？"

"这几天没啥事，我们还在那几个点巡逻。"羊展鹏答道。

忽然，羊村长咳嗽了一下，感觉喉咙像被一根鱼刺卡住了。他抓了几口饭吞下去，再咽一口汤水，喉咙还是辣辣地有点疼；羊玉鹭慌忙端来一小杯陈醋，让他含了两三口，也没有好转，家里的人很焦急。

陈振民对羊玉鹭耳语一番，她马上到爸爸书房里找来一张小黄纸和笔墨。陈振民就在餐桌旁用毛笔蘸点墨水,在黄纸上画了一道符,口中念念有词。言罢,用一小碗水,把这张小黄纸放在上面烧成灰,泡在水里,示意羊村长喝下去。

羊村长早有耳闻黎族人的奇门遁甲。说也神奇,药到病除,喉咙里的鱼刺顺利咽下。他清了清嗓子,不由得对陈振民刮目相看,笑道:"振民,谢谢你啦!你也会这一手?"

陈振民似乎有些难为情地说:"羊叔,这事说来话长。"于是,他就讲起不久前在黎村发生的一件事……

"一个月前,有十几个日本兵,跑到我们村里。早听说日本人抓女人的事,我们村里的姑娘都跑到深山里躲了起来。日本人来了就不走,住在村里。

"我以前跟随大伯在福建厦门打工,听懂一些闽南话。这十几个日本人当中,有七八个竟然会讲闽南语。有时,他们会拿来一些酒肉给我们,教会我们一两句日本话,还有行酒令,如'义勇滴滴,乌之滴滴,耙子滴滴'①。

"有一次,他们几个人喝山兰米酒醉了,其中一个人告诉我,他们是台湾人,是台湾阿里山地区少数民族的后裔,他们家乡穿的衣服、劳动工具,跟我们这个黎村很相似。他们是日本侵占台湾后,被强行应征入伍当兵的。

"过了十来天,我和一个台籍日本兵混熟了,成了朋友。他是这个小队的队长,叫山潭少尉。名字的含义取自阿里山和日月潭。他说自己在台湾念大学,读的专业是建筑工程设计,毕业后

---

① 义勇滴滴,乌之滴滴,耙子滴滴:日语音译,分别指拳头、剪刀、布。

就被抓来当兵。他们进驻黎村,目的就是实地考察这一带的水文地理,为今后在本地修建水坝、建设铁路做好前期准备工作。

"不久,我们就把躲进山里的姑娘们叫回村里。我的两个小妹也回来了。这个台籍日本兵看中了我家小妹,我家小妹也相中他。也许是前世孽缘,两人谈起了恋爱。但是,这事让另外几个日本籍士兵知道了,他们争风吃醋,结果向大队部反映。一天晚上,日本兵把村里的几个姑娘和我的两个妹妹全部抓走了。

"我问一个台籍日本兵,山潭少尉怎么好久不见啦?他说山潭少尉被部队调走了。我问我妹妹现在哪里?他说不知道。我没有办法,只好软磨硬泡求他告知去向,他终于开口了:'你妹妹被抓去当慰安妇,在司令官江波虎那里。'于是,我就在江波虎去黄流机场的必经之路,埋伏了两天两夜。最后,用火铳把他毙了。"

"原来你有这么一段不寻常的经历,现在妹妹有消息吗?"羊村长说。

"没有。"陈振民十分后悔地说,"我对不起家妹,我倒丁①,不该叫她们回村里,也许,什么事都不会发生!"

五

钓鱼岭半山腰,十几只山羊散落在绿茵茵的草地上觅食。不远处,有几棵高大挺拔的木棉树。十五六岁的羊展鹰光着脚丫,跷起腿,双手枕在脑后,平躺在树底下一块岩石上乘凉。他赤裸

---

① 倒丁:琼岛方言,指神经病之意。

着上身，仅穿一条短裤。脸上遮盖着一片芭蕉叶，似乎睡着了。他的左手边放着弓箭。右边卧着一只小狗，蜷缩着身子，好像也困了。天上飘着几朵云，树叶在阳光下静默着。一切都显得那么寂静和安逸。

忽然，从空中传来几声"叽叽叽"白鹭的惊叫声，远处的羊群一阵骚动。"砰"的一声枪响。羊展鹰倏然一个翻身，站了起来，警戒地巡视着四周的动静，辨别这个响声来自何处。"砰砰"，又是两声枪响。

一阵叽里咕噜的声音自远及近传入了他的耳膜。他立刻跑到一个小山坡上，眼前的情景不禁让他大惊失色。几只活蹦乱跳的羊，倒在血泊中。几个日军站在那里，穿着土黄色的军服，戴着帽，背着钢盔，端着三八式大盖步枪，肆无忌惮地狂笑着。

羊展鹰猜想，这些人八成就是日本兵了。他一见情况危急，反身跑回来，从地上抓起弓箭，点燃捆绑在箭上的响弹。尽力一拉，五指一松，响箭如同一发子弹，瞬间射往远方的空中。

金凤山脚下有一片橡胶林，羊展鹏、陈振民、铁匠、羊展强、羊玉鹭等人正在忙着农活——割胶，如今正是采胶的季节。

琼岛原先是没有种植橡胶的。几十年前，有一个南洋归侨，看了琼岛的气候条件和东南亚国家很相似，就试种一批。结果，成活率极高，生长良好。于是，羊家村就大量引进这种树，栽种了几千亩。

羊展鹏二十三岁，上穿条黑色背心，下套黑色短裤。他肌肉发达，健壮，浑身上下流露一股豪气。他先在树干上，离地面约一米高的位置，用胶刀割开一条与树身平行、与地面垂直的切口,再向下斜旋着割出一条线,用一节竹子,插在开口处,用绳子固定好。才一会儿,白白的胶汁就流出来了。装满一桶,他让胶农挑回去,村里统一安排加工和销售。一次采胶下来,家家户户都有收益,是一笔稳定的经济来源。

大伙正忙碌着,忽听得天空一声鞭炮响。这是他们平时约定的信号,出现这种情况,必有敌情。众人连忙放下手头的活,抓起草帽,抄起架在树边的长火铳和弓箭,绕小路穿过那片原始热带雨林,跨过钓鱼河的石板桥,爬上了钓鱼岭,迎面遇见了羊展鹰。

羊展鹏气喘吁吁地问道:"展鹰,什么情况?"

"日本兵来了。"

"有多少人?"

"看不清楚。"羊展鹰摇摇头。

"我爬树上看一下。"陈振民像猴子一样三两下蹿上一棵椰子树,又滑下来,说,"共有十三个日本兵。"

"来者不善,善者不来!"羊展鹏说。

"来得正好,把他们干掉,为外婆报仇!"一提起外婆,羊玉鹭就有满腔的怒火无处发泄。

今年农历三月初六早上,二十几个日本兵闯进毛感村,把村里的人全部抓起来。当时,羊玉鹭正好去看望外婆。她和十几个村民被关进一间屋子里。日本兵锁上门,浇上汽油,放火烧房。危急之下,外婆从屋后掀开屋顶的瓦片,用手托着她的大腿,让她爬上去。翻墙逃出后,她躲在附近牛栏里,把牛粪盖在身上,因此逃过一劫。但是外婆和她十二岁的孙子、四岁的孙女等人因来不及逃跑，都被活活烧死了。

羊展鹏犹豫不决。他深知，如果开这一枪，羊家就会因此家破人亡……羊展鹏不敢往下想，脑子里一片空白。

"展鹏，动手吧。"铁匠说。

"对，干掉日本兵。出其不意，攻其不备！"陈振民颇有军事头脑，毕竟是干过大事的人。

"鹏哥，大家都这么说，你还犹豫什么？"羊玉鹭怒火中烧，愤慨地说，"今天不打死日本兵，不为外婆报仇，我誓不为人！小娟，阿娜，跟我来！"她手一挥，跟着她一起过来的两个姐妹背着弓箭，朝敌人的方向冲过去了。

羊玉鹭性格泼辣，她血管里毕竟流的是杨家的血；疾恶如仇的天性，使她无畏无惧，勇往直前。

羊展鹏一见妹妹使性子，知道在这种情况下，哪怕十头大牛也拉不回来。况且，他怎么舍得让妹妹几个人单独行动呢？万一有闪失，他回去怎么向父母亲交代。想到这里，他马上和众兄弟追上她们。

"鹭妹，你们三个人绕过前面那一片槟榔树，在日本兵的右侧埋伏起来，等我们这边枪响，日本兵撤退，你们再动手！"羊展鹏比画着。

"好的，这才像我的鹏哥！"其实，羊玉鹭刚才是有意用激将法，只有这样，哥哥才会打消顾虑，加入行动。

"这群日本兵也太嚣张了，以为这山羊是他家养的，想杀就杀，想打就打？羊的主人在这儿，也不问问同意不同意！"羊展强哼了几句。

"我要让他们，连本带利还给我！"羊展鹏的眉宇间流露一股杀气，紧握着拳头，原先的顾虑早已忘到九霄云外去了，"快，我们抄近路，截住他们，别让日本兵跑了！"

羊展鹏等人从旁边一条小道穿过去，在日军前面的草丛中埋伏下来。

一个日军把三八步枪斜挎在胸前，枪头部位，绑着一面膏药旗。肩上扛着一只羊，羊已中弹死了，脖子上的伤口顺着黑色羊毛往外冒着血水。另外两个日军，分别抓住一只羊的前腿和后腿，羊肚子朝天，羊头耷拉在地上拖着。还有两个日军也是这样抬着一只羊，鲜血流淌在地上，染红了一丛丛小草。十几个日军大摇大摆，肆无忌惮地走过来了。

"这些日本兵杀人像砍木瓜一样，何况杀几只羊。"陈振民自言自语着，"老练的猎手，总是等待最佳时机。"考虑还不到有效射击距离，他便不慌不忙地蹲在地上，从腰间一个挎包里倒出一点火药，又从一个羊角里取出铁砂填进枪管，再用一根长铁钉把火药和铁砂挤压在一起。

羊展鹏说："我们是七个人，他们是十三个。我们分成两组。一组五个人射击，一组两个人投掷山猪炮。先同时行动，然后五个人装弹药，两个人准备山猪炮做掩护，防止敌人反扑。"

长火铳是打火药的，不像子弹一个个往里塞。平时，装一次火药需要二三十秒。在瞬息万变的战场，哪里容得了你这般时间。长火铳，这种民间狩猎用的近乎原始的自制武器尽管威力大，但有一个致命的弱点，其射程不足百米。最佳射程在六十米左右，一旦中弹，几乎没有生还的希望。它的弹药与普通枪支射出的子弹有所不同,弹药由数十粒绿豆大小的铁砂和火药组成,并借助火药的推力将铁砂射出,犹如一张巨大的枪林弹网扑向猎物。射程越短,那网越集中,自然杀伤力就越强大。

日军越来越近,八十米,六十米,五十米,羊展鹏暗暗目测着距离。

"振民,你把最前面那个扛机枪的干掉,铁匠负责左边那个,展强干掉后面右边那个。其余这些抬羊的日本兵,交给我们收拾!"

羊展鹏、陈振民、铁匠、羊展强、羊展鹰等七兄弟一字排开,占据有利位置,一排乌黑的枪口,瞄准日本兵开火了……

六

这是一支日军侦察兵,由松井军曹带队。奉上司之命,大清早从大队部一路过来,为改天部队进犯羊家村探路。他们一行来到钓鱼岭,看见半山腰草地上放牧着十几只山羊,有恃无恐地举枪便打。

松井军曹看天色已近中午,心想着反正要归队,何不打死几只山羊,扛回去让大伙打打牙祭,说不定桥木中尉还会夸奖他一番呢。自从"扫荡"官原村以来,他就一直没有吃到像样的一顿饭。天天在打仗,早晚忙于奔命,岂能尝到这般鲜美的羊肉?

就在日军得意忘形抬着山羊往回走的时候,猛地响起一阵枪声。几个日本兵应声倒下,其余的知道中了埋伏,慌忙丢下山羊,就地卧倒,迅速抄起武器向羊展鹏阵地反击。

机枪手已被炸得浑身是血,仍然抓起身边的机枪,架起来准备射击。陈振民一见情况不妙，奋力扔出一枚山猪炮。一声巨响，日军被炸得血肉模糊，连军衣都被撕破炸飞了。

羊展鹏等人第二轮的长火铳和山猪炮一起打将过来，又有一个日本兵被撂倒。松井几个一见情况不妙，转身撒腿就逃跑了。

羊展鹏等人在后面追击敌人。一个日本兵躺在地上喘着粗气，胸前中了一弹，军服像被马蜂蜇过一样密密麻麻，鲜血透过一个个小缝汨汨流出来，染红了一大片。他表情痛苦而无望地用一只手指着天空，却说不出话来。

这就是长火铳子弹的威力。其弹网全部落在日本兵身上，鲜血顿时浸渍了他的全身。他挣扎着想爬起来，无奈力不从心。

陈振民从身后拔出砍柴刀，骂声"我要你短命！"举刀就要砍，未等下手，日本兵头一歪，断气了。

羊玉鹭听见那边枪响，就和小娟、阿娜搭箭拉弓，做好准备。以槟榔树做掩护，屏声息气地等待着。不久，几个日本兵从乱草堆里钻出来，拼命地往前逃窜。"嗖嗖嗖"几声响，羊家姐妹的飞箭一齐射向日本兵。

有个日军大腿被箭射中，一头栽倒在草地上。他咬着牙，用双手把箭折断，硬生生地从另一端把箭头拔出来。他掏出挂在腰部的手枪，反手一击，打中了羊玉鹭的肩膀。

其余几个日本兵一见后有追兵，侧有狙击，恨不得他娘多给他们生一双腿，亡命逃跑了。

陈振民给羊玉鹭包扎了受伤的肩膀，羊展鹏吩咐大家把那三只羊抬回村里。羊村长让人把这几只羊安葬在拓碌河岸边，说它们是为了羊家村而牺牲的，不能吃，要厚葬。

七

日军大队部。

昏暗的灯光，一张办公桌放在靠墙的位置，桌上放着一部电话。墙上挂着一面膏药旗和一幅军用地图。靠窗一侧，则是一张方形会议桌，七八张靠背椅。

松井军曹低垂着头，神色漠然地站在桥木中尉面前。桥木脸色铁青，拍着桌子："松井，你还有脸面来见我？"桥木个子矮，胖墩墩，走起路来八字形。大脑袋，脸色猩红，才三十出头，但早已谢顶。

"嗨！"松井木然地竖在那里，任凭桥木发落。

"叫石翻译官进来！"桥木说。

一个穿短衫、戴礼帽的中年人走了进来。

"石翻译官，刚才侦察兵遭到一股敌人的伏击，伤亡惨重。你看这是怎么回事？"桥木说。

"太君去的哪个村？"石翻译官问。

"羊家村。据可靠情报，杀死司令长官江波虎的土匪陈振民就在羊家村。早上，我派侦察兵前往侦探。结果，去十三个，才六个回来。"

"羊家村？"石翻译官倒吸了一口气，半晌才说，"太君也许对羊家村不了解，它是琼岛地区最大一个家族。听说子弟兵有上百个，个个武艺高强。平日里，是一介农夫或渔民——"

"放肆！我不管他是谁。"桥木蛮横地打断了石翻译官的话，冷冷地干笑一声，"一伙野蛮人，一帮土匪，一群乌合之众，难道比皇军还厉害！"

石翻译官赶紧摇头："那不敢，不敢！太君有所不知，您可曾听说，我国宋朝时期杨家将的故事？"

桥木思忖片刻，说，"看过琼剧，那个杨家将和这个羊家村有什么关系？"

石翻译官简单扼要地说了一遍，桥木默然了……

"少佐①到！"门外传来警卫员的通报声。

来者不是别人，正是日军驻琼大队部少佐大田一郎。他年纪五旬，个子高瘦，戴着眼镜，留着胡子，一身戎装，是日本将官学校②毕业的高才生。

长官江波虎被陈振民枪杀之后，日军急忙从司令部派遣几名得力干将前来坐镇，大田一郎就是其中之一。经过初步勘查，琼岛西部拓碌岭富含铁矿，估计超亿吨。大田一郎这次就是专门为此事而来。抓民工、开铁矿、修铁路、建码头、造电厂。从琼岛掠夺矿产，为日军提供源源不断的军用物资。如有违抗命令者，格杀勿论。

"桥木，你到底带什么兵，如此孬种！"少佐眯着眼，轻辱地斜视着中尉，"尽给皇军丢脸，打不过几个土匪！对方多少人？哪个部队？我们一无所知，就稀里糊涂，断送了七条皇军士兵的性命！"

"嗨，桥木知罪！"桥木低着头，脸都青了。

---

① 少佐，少校军衔。

② 日本将官学校，日本军国主义培养高级军官的地方。一般军人及学生只能报考士官学校，据说蒋介石也曾在此短期留学。

少佐火冒三丈，骂道："八格牙路！"

"报告太君！"石翻译官出来打圆场，缓和难堪的场面，"我们已经调查清楚，是羊家村村民干的！"

"羊家村？"

"是的，太君！"桥木接过话茬儿，讨好地走上前来，"我方已掌握情报，陈振民就在羊家村。"

"哦，陈振民，好熟悉的一个名字。"大田一郎摇晃着脑袋，皱着眉毛，极力寻找记忆中的印象，"啊，就是杀害江波虎司令官的那个土匪？"

"是的，少佐！"桥木答道。

"八格牙路，八格牙路！"大田一郎骂道。

一阵狂风从窗外吹进来，悬挂在梁上的灯泡摇晃了起来，把少佐的身影投射到墙上，变得十分诡异和恐怖。

"据刚搜集的情报，羊家村还是一个抗日根据地。明天，明天我要杀进羊家村，杀他个鸡犬不宁！我要让羊家土匪，死无葬身之地，为我皇军英魂报仇！"少佐冷笑了几声，露出一副狰狞的面孔，阴险地说，"我要杀鸡儆猴，让琼岛人知道，与日本皇军作对的下场！"

少佐走到悬挂在墙上的军用地图前。

这幅海南地图，不仅标有日军兵力布置和抗日根据地所在地，还标有每个地方出产的资源，金、银、铜、铁、铅、盐，甚至槟榔、鱼等等。他用指挥棒对着地图比比画画、叽叽喳喳……

一场血与火的暴风雨就要来临了。

八

杨家祠堂大操场。

羊展鹏对着摆放在地上所缴获的武器说:"一挺轻机枪,八支三八大盖步枪,四支手枪,轻机枪子弹两百多发,手榴弹……"

"为了庆祝胜利,大家跳舞吧!"陈振民的骨子里就有这种天赋。黎族人生性能歌善舞,逢有喜事,也就自然地想跳一段歌舞助兴。

"好嘞,大家跳起来吧!"羊玉鹭应声道,她拉着羊展强的胳膊:"强哥,你也露一手吧?"羊展强的妻子是苗族人。羊展强二话没说,唤过来十几个苗族兄弟姐妹,跳起盘皇舞中的一段龙舞。

几个黎妹从屋檐下搬出竹竿,摆在地上,一边唱曲,一边欢快地跳了起来。竹竿舞,由八人组成,每人各握住竹子一端,蹲在地上,伴着节奏,摆动着竹竿,跳舞者从竹竿子一张一合的空隙中跳过去。几个人扛来两大缸山兰美酒,吆喝着:"喝起来,一醉方休!"陈振民带头举杯畅饮,几杯酒下肚,他借着酒兴,扯开嗓门唱了起来:

东洋日本兵弯脚筒,
见鸡捉鸡见鸭捉鸭,
见着男子开枪打,
见着妇女笑哈哈。

瓯江船殇

日本兵野蛮坏透顶，
侵我国土杀同胞，
抢我财物烧我房，
苍天不杀我来杀，
誓把日本兵赶出境外。

他还想多唱几句，不料心里一激动，酒上头，嘴巴一张开，吐了。大伙看他出洋相了，都大笑起来。

羊展鹏和铁匠也喝高了，走起路来跟跟跄跄，连讲话时舌头也转个弯儿。有几个阿哥阿妹，牵着手，相拥着往树林里钻去。

羊村长看见大伙兴致勃勃，载歌载舞，不禁喜上眉梢。但心中却觉得丝丝隐痛，一个挥之不去的阴影始终萦绕在他的脑际。

人无远虑，必有近忧。居安思危，才能立于不败之地。是呀，打死一个江波虎，其代价是官原村一百多口人的性命；那么，这七个日军，让我们羊家人怎么背得起呀！他浑身上下不自在，坐立不安。凭自己多年来了解日军的惯用手法，可以预料，日军的报复是肯定的，是残暴和疯狂的，是迅速和突然的。如此说来，只好放弃抵抗，束手被擒？或者，能躲就躲，该回避就回避？可是，我们能躲到哪儿去？能回避到什么时候？与其这样，不如鱼死网破，跟日军较量一番，见一输赢。鹿死谁手还不清楚呢！开弓没有回头箭，既然和日本兵干上了，那么就和他们一拼到底。想到这里，他对站在身边的女儿说："鹭儿，你马上通知二叔等人，到明德厅开会！"

不久，羊志武、羊展鹏、陈振民、铁匠、羊展强、羊玉鹭、羊展鹰等十几人都到齐了。羊村长让人打来一桶井水,取来三个碗,让羊展鹏、铁匠和陈振民三个人把这桶水灌下去。他知道,最好的解酒办法,就是喝水。

每个人都喝了几大碗,被凉水一激,浑身打个冷战,神志清醒多了。他们看见羊村长等人都在场,低垂着头,不敢吭声了。

羊村长说:"目前情况很危急,大家需要冷静,千万别让一点胜利冲昏了头脑!今天我们杀了几个日军,过几天,他们一定会来报复。我们要做好准备,否则,羊家必会遭遇灭顶之灾!"

经羊村长一挑明,大伙才真正意识到事态的严重性。刀搁在脖子上,不知道疼痛,还傻乐着。

羊村长在桌上铺开一张地图,大家你一言我一语,议论开了。三个臭皮匠,顶一个诸葛亮。一套如何迎敌、破敌的军事行动计划,就这般新鲜出炉了……

杨公神位前,羊村长跪在前,羊家一班子弟分几排跪在身后,人手一炷香,羊村长喃喃念道:

皇天后土,杨六公在上。羊家子孙,自宋朝年间迁入琼岛,历经两百七十余年。含辛茹苦,艰苦创业,现今人丁兴旺,子孙满堂。当下外敌侵犯,可恶日本兵,占我故土,杀我同胞。子弟今日,有违家规,事出无奈,望公明鉴。国难当头,匹夫有责!从今往后,我羊家人,秉承祖训,精忠报国。祈求杨公,在天之灵,保佑子弟,旗开得胜,马到成功,英勇杀敌,扬我国威,卫我家园!

言毕，羊村长潸然泪下，众人也无不动容。这篇誓言，是需要多少勇气才念完的。它沉甸甸的，书写了羊家几百年的历史。平静的日子，乍起波涛；桃花源般的生活，从此不再……

羊村长说："这是我羊家，自中原大地迁徙到琼岛以来，第一次面对外族人的侵犯，面临的将是一场残酷的、有关羊家生死存亡的战斗！我们从不惹事，但也不怕事！鹏儿，马上把村里的男人，叫到操场集合！"

"阿爸，大家早在操场等候，只等您一声令下！"羊展鹏说。

推开大门，只见操场上人气沸腾；偌大的一个操场，整齐有序地站满了几百名羊家弟子。

羊村长站在台上，一股豪情涌上心胸。他声音洪亮地说："各位羊家弟子，日本兵侵犯我江山，杀害我同胞！现在，又想霸占拓碌铁矿，掠夺我祖辈生活的家园。我们羊家人，誓与日本兵战斗到底！"

"消灭日本兵，保卫羊家！"羊玉鹭振臂高呼，众人马上响应，呼喊声久久回荡在天空中。

九

"扑腾、扑腾——"一群受惊的白鹭纷纷扬扬地从那片酸豆树林中腾空而起，在空中不停"叽叽叽"地鸣叫着、飞舞着、盘旋着。其气势铺天盖地，像一阵飓风，似千军万马。白鹭是一种对周围环境十分敏感的野生动物，胆小容易受惊，对人类及其他动物有着天然的警惕性。

听长辈说，这群白鹭在羊家迁居之前就在这里栖息。羊家人一直把它们当成自家人一般看待。不抓捕、不捣蛋、不惊扰。况且，东有钓鱼河，西有拓碌河，沿岸农田一片，有无数的鱼虾昆虫之类的小动物供其享用。因此，白鹭也不迁徙，长期安居下来。平时，白鹭中的一部分，飞往全岛各地及大陆南部栖息觅食；到了四五月份，又纷纷返回这片树林，筑巢、孵蛋、养崽，周而复始，经久不衰。

羊村长手提着一个洒水壶，与小女燕子在家门口浇花。难得一见他这般清闲和惬意。

大敌当前，羊家子弟早已布下天罗地网，只待日军钻口袋。但他明白，日本军队非一般军队可比拟的。他们残忍、凶暴、威猛，就像一部性能完备的战争机器，永不疲倦地日夜运转着……

他发现这群漫天飞舞的白鹭有些反常，预感有什么事要发生。果然不久，空中传来一阵"嗡嗡嗡"的轰鸣声，他抬头一看，一架涂画着膏药旗的飞机从蓝天白云里钻了出来。

"这是侦察机。看来，日军要轰炸我们村里了。"羊村长说。

飞机一个俯冲，从椰子树上空神气地呼啸而过，巨大的轰鸣声把燕子吓了一大跳。她连忙躲到一棵木瓜树下，用双手捂住耳朵。少顷，两架日军轰炸机飞临羊家村上空。此时，一件奇怪的事情发生了。敌机几次俯冲，几次没有扔下炸弹，只是在空中盘旋了几圈，又飞走。

半晌，敌机又折返回来。许多村民和孩子从屋里跑出来，好奇地望着天空。羊村长见状，急忙喊道："大家快躲起来，快，敌机要轰炸了！"

话音刚落，从机翼下喷出一道道火光。一串串子弹射中了空中飞翔的白鹭，白鹭接二连三地从高空坠落下来，其场面惨不忍睹。白鹭伤亡惨重，四处乱窜，路边和树上留下许多尸体。

飞机匆匆扔下几个炸弹，在拓碌河掀起几道十几米高的浪花之后就溜走了。

燕子抱住一只奄奄一息、血渍淋淋的白鹭哭了起来。

羊村长恍然大悟：白鹭是用自己微薄的血肉之躯，保住了羊家村的安全。动物尚存感恩之心，人类又何必要自相残杀？

十

夜深人静，街巷空荡，依稀可见几户人家亮着灯，许多人都进入了梦乡。

铁匠的店铺亮着灯，屋里摆放着一台车床，墙壁四周悬挂着一些已经加工好的农具，如犁头、锄头、镰刀等物。几把长铣撂在一个用钢筋焊好的铁架上，墙角也有一些农具，丢在那儿，有待修补。在靠墙后门，有一张饭桌，几把椅子。桌上摆放着几碟菜、一碟花生米、一盆鱼干、一壶山兰米酒和几个酒杯。

铁匠正在机床边掏弄着一些枪械零件。

铁匠羊展才从小跟着父亲在铁匠铺里长大，后来又接过父亲的手艺，成了名副其实的铁匠。他二十七八岁，个子不高，身材有些羸弱。长方脸，鼻梁上架着一副近视眼镜，留着胡子。平时不大喜欢讲话，是性格比较内向的那一种。

今晚，他约请羊展鹏、羊玉鹭、陈振民、羊展强几个人到店里小聚。不一会儿，客人陆续到了。他停下手头的活儿，把大伙引进屋，坐下来，就喝开了。酒过三巡，他从椅子上站起来，用手指扶了扶架在鼻梁上的眼镜,说:"今晚,请各位兄弟姐妹到敝室一聚,实有一要事相告!"铁匠讲话总是慢条斯理,手握成拳状挡在嘴巴前面,原本一句清楚的话,要十分费劲才能听得明白。

"铁匠哥,到底有什么话,你快说吧,看你神经兮兮的。"羊玉鹭是个急性子。她喝了几杯山兰米酒后,双颊泛红。

羊展强听他话中有话,说:"不管你告诉我什么,我一概不说。否则,就是小狗!"他给铁匠扮个鬼脸,两只手掌在左右耳朵摇晃着,逗得大家都乐了。

"是不是也怕我知道?"陈振民酒气醺醺的,他故意放下酒杯,叼着香烟,欲起身离座。

"我要是怕你知道,也就不会叫你来了。"铁匠不再卖关子了,说,"你们跟我来吧。"铁匠提着一盏马灯,打开后门,七弯八拐地到了几棵黄花梨树下的一间小木屋。他扳动一根木头,地上木板移动,露出一个大洞。几个人从洞口的木梯子下去,铁匠点燃墙壁的蜡烛,室内立即明亮了。

"哇!"几乎所有的人被眼前这一幕惊呆了,大张着嘴巴半天合不拢。铁匠站在一旁,双手握在胸前,微笑地注视着一个个惊愕的神态。

也许,现在就是他最开心的时候了。

羊展强第一个回味过来,说:"天哪,不会吧,我是不是在做梦啊!"他惊诧地喃喃自语着,对眼前看到的东西有一种怀疑和否定的态度。

"真是人不可貌相,海水不可斗量。看不出来,平时老实巴交的铁匠哥，会有这一手，真是太棒了！"羊玉鹭毫不隐瞒自己观点，用最美的语言称赞他。

陈振民跑过去，拿起桌上的两把日式手枪，放在手里熟练地摆弄起来。

羊展鹏还愣在那里，久久才说："铁匠啊铁匠，你是我们羊家的武器专家啊！"

铁匠依然站在那里微笑着，他对自己的杰作很满意。

这是一个二十几平方米的地下室，中间一张平板桌，陈放着各式各样的兵器，四周的墙面上也悬挂着各种枪械。对士兵来说，武器就是生命，何况这满屋子里的兵器，有些是他们从来不曾见过和使用过的。几个人围拢上来，东摸摸，西瞧瞧，爱不释手。

"铁匠哥，这么多的武器，你是从哪儿搞到的？真是太厉害了！"陈振民说。铁匠看了他一眼，他觉得有点失态，自扇一下嘴巴，"这张臭嘴，酒喝多了就管不住，铁匠哥，对不起！"

铁匠笑了笑，说："没事的，开玩笑嘛。"

"是呀，这些是什么武器，介绍一下，让我们见识见识！"羊展鹏说。

铁匠仍然微笑地说："这一支是汤普森冲锋枪，这十几个是100式基斯克手雷，这把叫 M1903 春田步枪，经改造后成了狙击步枪，还配望远式瞄准镜。这些，都是美国人造的。这两支是中正式步枪和汉阳造步枪……"

铁匠如数家珍似的报出了这些武器的出产地和名称，听得在场的几个人无不啧啧称奇，佩服得五体投地。说也奇怪，此刻，铁匠讲话一点也不结巴，就像换了一个人似的。

羊展强瞄中了那把 M1903 春田狙击步枪，端在手上看得入迷。陈振民将那两把日式手枪插进腰里，又拔出来，反复了几次。羊展鹏则相中那把美式冲锋枪。羊玉鹭左挑右选，却对放在一个精致牛皮套旁边的一把小手枪感兴趣。她捧在手掌心，仔细端详着。

铁匠道："这是美军飞行员专配的勃朗宁手枪，可见它很稀奇和珍贵，绝版了！"

"小巧玲珑，讨人喜欢！铁匠哥，这把枪送给我吧！"羊玉鹭说。

"不——不，它是仿造的——不能送！"铁匠一紧张，脸憋得红红的，讲话又结结巴巴了。

"我是故意逗你的。"话是这么说，羊玉鹭的双眼却迟迟不离开那把小手枪。

铁匠又指着角落的一堆武器对大家说："我给各位介绍一下，这是日军 92 式 75 毫米步兵炮，是日军武器装备中一种非常优秀的武器，号称'一寸短，一寸险'。这是 94 式 90 毫米轻迫击炮，属于步兵轻型支援火炮，是日军野战师团步兵联队必备的装备，每个联队四至六门，用来对付机枪阵地与战壕。"

铁匠抓起一把三八大盖，说："这家伙很厉害，单发，可压五发子弹。射程一千五百米，有效杀伤一千米。百米内贯穿土堆一米，大树五十厘米，砖二十厘米，近距离可贯穿六至八人。"

羊展强说："铁匠哥，你上次答应我的就是这把春田狙击步枪吧？"

"是呀,你拿去吧,送给你了!"铁匠这么干脆一说,把羊展强乐得手舞足蹈。

羊展鹏拿起桌上一把手枪,问:"这把手枪,不是邢叔送给我阿爸的仿制德国驳壳枪?怎么放在你这里?"

"你手上这把驳壳枪,是我仿造的。我只是借来放几天,已经还给羊叔了。"

"那你这里的枪,都是仿造的?"羊展鹏睁大眼睛,心里疑团重重。如果说收集枪支,本身已经出乎大家意料;那么还会仿造,简直太不可思议了,纯属天方夜谭。

"我有一个朋友在国军保安团当官,他时常捎一两件东西给我,当然是花钱买的。我也从游击队那里借一点,还有——"铁匠像小姑娘似的羞答答地笑了,用手捂着嘴,"有些是,有些不是;是不是,看你的眼力;有些事,我说不明白;你们说,是不是?"

"哎呀,铁匠哥,我怕你好不好?你讲什么呀?绕口令啊?我越听越糊涂了。"羊玉鹭一脸茫然。

羊展鹏仿佛想起了什么,对大家说:"我没有记错的话,我们羊家的第一把长火铳是大叔公做的,就是铁匠的爷爷。再说我们现在使用的长火铳、短火铳、山猪炮也是铁匠做的。铁匠会仿造枪,说怪也不怪,有遗传基因在这里。我分析得对吗?铁匠哥?"

"嘿嘿嘿,"铁匠又憨厚地点点头笑了,"那肯定的,就是嘛!"

"铁匠哥,那你这么大一个地下室是什么时候挖的,我们天天和你滚打在一起，一点也不知道！"羊展强问。

"这不是我挖的。"铁匠回答得很干脆。

"不是你挖的？那是谁挖的？"羊展强非刨根问到底不可。

"是我爷爷，他是老铁匠。平时做的那些农具和狩猎用的枪支没地方放，就和我阿爸及几个叔叔动手建起这个地下室。那时，我好像才五岁。"过了一会儿，他说，"我收藏枪支十几年了，如果不是打日本兵，我是不会把这个秘密公布于众的，省得惹是生非。现在，我再不把这些武器拿出来打日本兵，那我仿造和收集这些枪械也就没啥意义了。"铁匠讲这段话很辛苦，断断续续的，还用手比画着，老半天才讲完。

"好一个铁匠，有大智慧，是我们羊家的骄傲哇！"羊展鹏说，"那好，这里的兵器可以武装我们十几个羊家兵。到时，让日本兵尝一尝苦头！"

"枪倒是好好的，只是子弹缺少了一些。"铁匠说。末了，他把那支仿勃朗宁小手枪送给羊玉鹭，把她乐得心里开了花，当着众人面，吻了铁匠的脸颊，弄得铁匠感觉轻飘飘的。

"哈哈哈，这么热闹也不叫我一声？"大伙循声而望，原来是羊村长和羊展鹰过来了。显然，铁匠对造枪的兴趣羊村长早有所闻。他说："打日本兵，不能光凭嘴巴，要凭实力！铁匠这些武器，就是我们的铁拳头！从明天开始，铁匠开始找一些能工巧匠，光明正大地做武器，让羊家村的男人，每人都拥有一把枪，打击日本兵！"

十一

摩托车、卡车，一辆又一辆地从日军大队部倾巢而出，日军全部出动，直扑羊家村。

车队在公路上停下，部队沿着一条崎岖乡间小路行进着。大田一郎少佐、桥木中尉、松井军曹、石翻译官和几个随从爬上了紧靠钓鱼岭的一个小山头。

少佐用望远镜巡视一下地形，对众人说："东边的钓鱼岭，是一些热带雨林、灌木丛和岩石；山边半山腰有一条小路，是进入羊家村的唯一通道。这里山高路险，要格外注意，小心埋伏！"大家顺着少佐的视线，拓碌岭脚下的那片小平原，房屋错落有致，绿树成荫，稻田层层叠叠；那道褐色的石围墙，在阳光的照耀下，如同一条若隐若现的巨龙。

钓鱼岭这条小道，是当年羊家人前往拓碌岭居住后拓荒而建的。路面不宽，只能容纳两个人。时刻要留意脚下的小树枝或小石子，一不小心，摔下几十米高的悬崖，命都保不住。山脚下，清澈湍急的钓鱼河滚滚奔向大海。

松井军曹带领一队日军前方开路。

"报告中尉，前面路上和山坡发现一群山羊！"松井在上次的侦察过程中因为打死几只山羊引来羊家兵，丢了几个部下；现在又看见山羊，仍然心有余悸，正所谓，一朝被蛇咬，十年怕井绳。

桥木观察山势，山上岩石裸露，奇形怪状，二三十只山羊，像黑珍珠似的依稀散落在草地上，或出没于岩石之间，有几只还跑到小路上觅食。这种情景，在平时是司空见惯的事。但在战争年代，草木皆兵，日军不得不防。

中尉把情况向少佐报告，大田一郎恐有伏兵，命令炮兵攻击。羊一闻炮声，跑得不见踪影了。看见山上没啥动静，松井带着小分队，硬着头皮，壮着胆子，沿着山路行进。拐过一个弯，又见一群山羊。这回，日军胆子大了，端起枪就打，几只山羊被打死，其余的山羊闻见枪声，纷纷拼命窜进草丛里了。日军用刺刀一挑，想把横在路中的死羊扔下悬崖，以便大部队通行。

忽然，"轰轰轰"几声巨响，几个日军被炸得飞了起来，重重地摔在岩壁上，掉入钓鱼河里，一晃沉入水中不见了。

"卧倒！"一排队伍齐刷刷地趴在地上，谁都不敢动弹。桥木喊道，"有地雷！工兵，上前探路！"

工兵拿着地雷探测仪，在山路上小心细致地探测着。

松井手里拿着一个东西往回跑，递给大田一郎："报告少佐，您看！"

大田一郎接过来，不看则已，一看火冒三丈，恶狠狠地把它扔在地上，踹上一脚，阴沉着脸，骂道："八格牙路，羊家土匪，死啦死啦的！"

你猜这是什么？是刚才爆炸时留下来的物体。用山藤编织起来的山羊，有腿有耳朵，其身上包裹着一块黑布，一只"山羊"就这般做成了。将几个山猪炮固定在羊体，引信绑在路边的树枝上，只要有人移动，引信一扯，就爆炸了。整个"羊"，就是一枚大地雷。

这是羊家人平时狩猎惯用的一种手法，对付山猪、野豹、狗熊之类的动物，屡试不爽。唯一不同的是，狩猎时用山藤做的山羊，身上披的是真羊皮，而不是黑布。只有让野兽闻到山羊的味道，才会上钩的。

工兵又清理了几只假山羊，路面畅通，日军匍匐往前行进，看起来，就像一条灰蛇，在路上蠕动着巨大的身躯。

半山腰，羊玉鹭和陈振民等十几个人装扮成山羊躲在岩石后面，对山下日军的一举一动，看得一清二楚。

羊玉鹭说："日本兵这次依仗人多势大，根本不把我们放在眼里，以为咱们会怕得四处逃窜。狗眼看人低，今天，倒要给日本兵上一课，让他长长记性，羊家人不是好惹的！"

"你们看，日本兵大部队过来了，我们要打它个措手不及。等下大伙同时扔掉山猪炮，扔完马上就撤，一刻都不能停留。否则，日本兵的迫击炮就会追赶着我们轰炸。"陈振民遇事多，经验老到。

山坡上，又冒出十几只羊。说时迟，那时快，这十几只羊，霎时变成十几个羊家兵，呼啦啦地从山上居高临下，扔下一束束山猪炮。

山猪炮，三五个绑在一起，十几个羊家兵同时进攻，其威力不容小觑。日军猝不及防，被炸得断胳膊少腿，更多的是掉下钓鱼河见阎王爷去了。没死的在水中挣扎，不多时便被淹死，像鱼一样翻着白肚漂浮在水里。灵魂出窍，飘荡在异国他乡的荒郊野岭。

日军匆忙调集步兵炮、迫击炮、重机枪进行反击。但为时已晚，羊玉鹭和陈振民带着羊家兵早已消失在那一片片郁郁葱葱的丛林里。

十二

七月的琼岛，骄阳似火。琼岛属热带季风气候，全年高温，雨量充沛，有明显的旱雨两季。因地处海洋环绕之处，气候也具有海洋性特点。东部沿海地区，尽管热浪滚滚，但在树底下或有遮阳的地方，还会感到凉风习习；中部有高山密林，白天尽管很热，晚上睡觉往往要盖上棉被，日温差很大；西部地区，夏天是又闷又热，尤其像羊家村，三面环山，只有南面低洼处才有风吹进来。

一方水土，养一方人。羊家人长期居住在这里，早已习惯了。平时，可在那棵大酸豆树下，来一段杨家将的故事；或找个店家，光膀子喝着老爸茶，天南地北地侃大山；实在不行，就跑到拓碌河冲个凉；水性好的小伙子和姑娘，相约来到钓鱼河游泳，水流湍急，更显勇者本色……

日军损失了十几名士兵，才得以通过钓鱼岭的那一段羊肠小道。

行军、打战、搬运装备，累得日军个个汗流浃背，举步维艰；又担心遭到伏击，大脑里那根神经时刻绷得紧紧的。大田一郎让士兵就近躲在路边的一片椰子树下歇息。

少佐明白，这仗是靠士兵去冲锋陷阵的。没有良好的体力和精神状态，是很难取胜的。况且，天气这么闷热，士兵又是全副武装，个个都是汗流浃背，万一中暑生病，那靠谁来打仗？靠谁来赢取这场战争？刚才就有几个年轻士兵受不了，中暑晕倒。

他又饥又渴,警卫员递个馒头给他,摇摇随身携带的军用水壶里,水早已喝光了。没水,这馒头怎么咽得下。

石翻译官抬头看几棵椰子树上挂满椰子。他把鞋子一脱,从一个日军手里拿来三八大盖步枪,把刺刀卸下来往腰间皮带一插,人就上树了。用刺刀砍几下,一大串椰子"扑通"一声掉了下来。他滑下来,动作娴熟地切掉蒂部那层外皮,再用匕首尖一挑,清纯的椰子水喷射了出来。

"太君,您请用,这个好喝又解渴!"石翻译官毕恭毕敬地把椰子水递给少佐。

少佐接过椰子,仰脖猛喝一口,不禁竖起大拇指:"好好,好喝!"他随即命令士兵们就地找一些热带水果解解渴,顺便把中午饭简单地解决了。

现在正当瓜果季节。山上、平地、田垄、河边,任何可以栽种的地方,都种满了瓜果蔬菜。真是土壤好,随便扔一颗种子,都可以生根开花结果。

日军就像老鼠掉进米缸里去了,看着一棵棵果树,疯狂忙碌了起来。有砍椰子的,有摘木瓜杧果野香蕉的。这些清甜可口的热带水果一下肚,方才一个个无精打采的日军,马上有说有笑,仿佛又神气十足了。还有几个日军不知从哪儿弄来一大捆黄皮,鲜嫩水灵的水果看得直流口水。大佐吃了几个黄皮,其他的都让士兵分光了。

钓鱼岭这一小仗,给了目中无人的大田一郎闷头一棒,使他嚣张气焰有所收敛,也让他不得不正视羊家人的存在。

少佐把石翻译官叫到跟前问道:"石翻译官,羊家村到底有多少兵力？指挥官是谁？用的到底是什么战略战术？"

石翻译官答："太君，您听说过我国宋朝时期的杨家将吗？"

大田一郎如实地摇了摇头。

"这个羊家村，就是我们中国家喻户晓的杨家将后代！据了解，这个村有一千多人，子弟兵有上百个，由村长羊志忠带领。羊村长本是一名私塾先生，为人厚道，文质彬彬。也许是家族遗风和传承，他自幼熟读兵书，对用兵谋略战法颇有研究。至于用的什么兵法，离《孙子兵法》那是相差十万八千里。我看哪，还是共军通用的游击战术。打了就跑，不敢和皇军正面交火。"石翻译官说，"从武器装备方面来看，皇军有飞机、大炮、机枪等先进武器，敌方只有长火铳、山猪炮和原始兵器弓箭刀棍。在人数方面，我军超过敌方。因此，羊家兵不是皇军的对手。皇军必胜，羊家兵必败！"

"分析得不错！刚才一役，羊家用山羊之计谋，玩弄我皇军于股掌之间，让我们死伤了十几名皇军士兵。此人非常人，深谙用兵之道。我看是棋逢对手，日后必有一场恶战！"

大田一郎，曾经屡次参加在太平洋地区与美军的作战，屡建奇功，在军界赫赫有名。少佐对身边的几个下属说道："我现在可以坦白地告诉诸位，如果近日拿下羊家村，是我军的荣耀；如果拿不下来，只能退下来，安营扎寨，步步为营，直至攻克羊家村！"

一语未了，"轰轰轰"远处传来几声巨响，松井急匆匆地跑过来："报告少佐，前面的石桥被羊家土匪炸断了。"

"哦，去看看。"少佐说。松井军曹带路，来到了钓鱼河岸边，一座石桥被拦腰炸断，几块碎石板斜斜地插入水中。

这是唯一通往羊家村的石板桥，长度有十五六米，宽有两米，桥面上铺有石板，两侧有栏杆。七节桥墩扎进两三米深的钓鱼河。

"命令工兵，马上架桥！"少佐说，"注意观察，防止偷袭！"

对岸是一片灌木丛，一条小路歪歪扭扭地伸向远处的那片原始森林。附近有几个小山包，还有一棵棵高高挺拔的木棉树。少佐不是担心炸桥的事，而是担心羊家兵会在他们造桥的时候偷袭。

日军如临大敌，在岸边架起火炮和机枪。少佐命令一部分士兵就近砍树抬木头，一部分士兵开始架桥。十几个日军脱掉衣服，光溜溜地跳进水里，脸上挂着笑容。仿佛不是去抢修大桥，而是在海边度假游泳。大热天，这种行军作战下来，谁不是一身臭汗，有这个机会下水，哪有不兴高采烈的？

在两百多米开外的小山包，十几个羊家兵埋伏着，枪口一致指向钓鱼河里的日本兵。这些枪，有上次战斗缴获的日军三八大盖步枪，每支枪配有三四发子弹。长铳因距离太远，在这里派不上用场。

陈振民和羊玉鹭等十几个人先在钓鱼岭小道用山猪炮狙击敌人，又和前来接应的羊展鹏带的几个人会合，炸了石板桥，然后就在这个小山包伏击敌人。

炸毁石板桥是陈振民的主意。

原来计划中没有这一点。后来他们只好征得羊村长的同意才实施。羊展鹏只觉得好好一座桥炸了多可惜，那是父辈辛辛苦苦建造的。听父亲说，当年为了造这个桥，三叔死在这里。

陈振民的理由很简单，炸掉这座桥，最起码可以阻拦和延缓日本兵的进攻。当年张飞长坂桥头一声怒吼，让曹军后退几十里，那个桥，不是也拆了吗？

羊展鹏一听他的话，不禁捂着肚子笑道："大哥，那你胆敢在桥头上吼一声吗？"

陈振民挠挠后脑勺，说："地点和时间都不同嘛！换作三国时代，我也像张飞一样好汉！"他瞧着日本兵下水架桥，裸露着身子，禁不住笑了起来："哈哈哈，你瞧瞧，一群东洋大白猪！是红烧好呢，还是清蒸好？要不来个白切也行？加点酸橘汁，味道一定很棒。只可惜猪八戒不在这里，要不，看到这些徒子徒孙也会笑起来！"

经他一说，大伙都给逗笑了。

羊玉鹭扭过头去，不敢直视。

羊展鹏觉得这是个下手的好时机，说："我们每人只能打几枪，打完就跑！"他瞄准了一个日军，扣动扳机的手指却松了。

"鹏哥，怎么啦？"陈振民挨着羊展鹏趴着，每次行动，都是他指挥。他是小队长，不喊打，大家不敢轻举妄动。

羊展鹏说："我阿妈说得对，好好的人，为什么就喜欢杀来杀去，大家都是父母生的。"

"你不杀他，他就杀你。是不？这是战场！"陈振民没好气地说。

"我怕玷污了我们钓鱼河，那一片清水。"

"我也不想杀人，想想那时在家里，和山潭还是好朋友呢！

大哥!"

"砰!"一发子弹飞出枪膛,羊展鹏喝道:"打!"一排子弹射出去了。

大田一郎似乎嗅到了硝烟的气息,当对方子弹射向自己部队的一瞬间,他立即命令炮兵反击,同时加快架桥速度,他要强渡钓鱼河。他让部下把那几个被子弹打死的士兵捞上岸,有几个受伤的也包扎好,大部队快速从桥上通过。当先头小分队抢占小山包时,羊家兵早已跑得无影无踪。

"少佐,我愿意带领五十名敢死队打头阵,天黑之前拿下羊家村,请少佐批准!"桥木请命。

"不行,不行!切不可因一时冲动酿成大错!"大田一郎摆了摆手,然后不吭声了。

"请少佐同意!桥木愿立军令状,不拿下羊家村,愿受军法处置!"

少佐眯起小眼睛,重新审视着桥木,似乎想从他的神态中找到成功的答案。他微笑地点点头:"好,很好,桥木君,勇气可嘉!我看五十人不够,我再送你五十人,你在前方开路,我殿后,祝你成功!我军有你这样的勇士,何愁不打胜战!"

桥木走后,少佐十分得意地暗忖着,这就是我的用兵之道:示之以弱,激起斗志,才会视死如归。

十三

这支"敢死队",一路来,没有遇到任何抵抗。桥木十分得意,而且还有些飘飘然的感觉。他命令士兵加快步伐,争取在天黑之前拿下羊家村。让自己在少佐面前夸下的海口、立下的军令状，不至于成为一句空谈和笑话，一洗早上被伏击之耻！

"都说羊家兵厉害，让我皇军大炮、机枪教训一顿，都龟缩回去了。少佐太悲观，胡说什么攻不下羊家村，退下来安营扎寨。这不是长别人的志气，灭自己的威风！"桥木想着，不知不觉来到一个岔路口。右边一片原始森林，遮天蔽日，一条小路若隐若现；左边一条平坦之路，弯弯曲曲地伸向远方大山。

"咩咩咩！"不知从哪儿传来几声山羊的叫声，松井军曹和桥木中尉对视着，脸上表情从惊讶变成了恐惧，异口同声地喊道："隐蔽！"日军分别潜伏在小路两旁的灌木丛里。

一群山羊从地平线上渐渐地冒了出来，一位老人扛着赶羊的竹竿子优哉游哉地逛着，嘴里还哼着琼剧的曲子。早上，羊老爷子像往常一样，拿起一袋烟，抓起那根竹竿子准备去放羊，燕子缠着爷爷带她一起去。耳闻近日日本兵要到几个村"扫荡"，担心带上燕子有闪失，爷爷不让去。燕子哭起鼻子，弄得爷爷没法子，只好带上她。

"不许动！"十几个日军猛地从草丛中窜出，枪口一起对着他，吓唬得老人站在原地不敢动弹。

"老人家，你是哪个村的？去哪里？"石翻译官问。

"我是羊家村的，赶羊到林子里歇歇。"老爷子说。

桥木问："老头儿，从这里到羊家村，走哪条路？"

老爷子说："走这条路。"他指了指自己赶羊过来的那条路。从这条路过去，便是一望无际的莽莽森林，与羊家村是南辕北辙。再糊涂的老人，也不至于引狼入室，把这些杀人不眨眼的日本兵带进村，来枪杀自己的血肉同胞。

桥木一听，这不是骗人吗？看来，这老头儿又是羊家人的奸细？桥木说："老头儿，你不老实，你说谎！"

"哈哈哈，你不是有脑袋、有眼睛吗？那还问我干吗？地里的老鼠都认得路，哪有比老鼠更蠢的笨蛋！"老爷子把头抬得高高的，一副嘲笑的样子。

"这……这……"桥木被老爷子指桑骂槐地抢白了一番，憋得一时不知如何回答，"你在前面带路，去羊家村，放老实一点，要不，就毙了你！"

"哈哈哈！"老爷子又是一阵狂笑，笑够了，板起脸，骂道，"臭小子，我玩枪的时候你还没出世哪！你嚣张什么？今天我栽在你手上，算是天意，我也七十多岁了，我怕什么？但你想让我带路，门都没有！"

老爷子暗自担心，小孙女落在身后，如果让日本兵发现了，很危险，转身就要离开这个是非之地。

桥木心堵得发疯，他哪里受得了这般窝囊气；又想想早上路过钓鱼岭小道、过钓鱼桥，被羊家兵断送了那些士兵的生命。他越想越生气，二话没说，掏出手枪，对着老爷子的后背就一枪，老爷子直直栽倒在地。可怜羊老爷子，就这样走了。

"爷爷，爷爷！"燕子从树林里过来，不知道这边发生的事，听见枪声，一边跑一边喊，手里还抱着一只小羊羔。

她睁大眼睛，将眼前这群持枪的人上下打量一番。日本兵的服装可能她第一次看见，显得很陌生，又看他们人长得又凶神恶煞，问都不敢问。只是石翻译官的衣服，看起来有点面熟。她胆怯地来到石翻译官面前,说:"阿公,看见我爷爷吗?"

石翻译官哑口无言,在那一瞬间,他的灵魂被深深地触动了。他也许动了恻隐之心,愧疚地把头扭向一边。

燕子看见爷爷倒在树底下,跑过去连喊几声都没答应,又摸到后背的血,她"哇哇"地哭了起来。她一边哭喊着爷爷,一边摇晃着爷爷的身体,无奈爷爷再也不能回答她了。

又一声枪响,燕子瘫倒在爷爷还有余温的身体上,永远睡着了,桥木的枪口,冒着一缕青烟⋯⋯

十四

一百个"敢死队员"进入原始森林,日军的噩梦开始了。

原始热带雨林地处金凤山南面,是拓碌河一带保存最完好的一处。这里的植被物种十分丰富:有高耸入云的大板根、与恐龙同生代的桫椤、盘根错节的大叶榕;有苏铁、野香蕉、旅人蕉、木棉花、酸豆树,还有无数叫不上名的杂木树种。一道水沟自上而下穿过林子,形成了十几个大小瀑布,流水潺潺;知了在茂密的枝叶间"知知"叫着,其声音扣人心弦⋯⋯

一只受惊的小松鼠在树梢间跳跃着,一群野鸡扑棱着翅膀从树叶底下穿过,一条蟒蛇盘旋着身子在枝头上吐着信子,一头野猪带着几只小崽,急匆匆地消失在灌木丛里⋯⋯

松井军曹的一只脚突然被隐藏的铁夹子卡住了。这种铁夹,是一切动物的克星,一旦被夹住,就别想挣脱。

几个日军围拢过来,手脚忙乱地帮着解开。"砰"的一声,从头顶上坠落一竹排,上面布满竹扦,来不及逃跑的日军,马上被扎得全身是窟窿。有人一脚踩空，整个儿掉到陷阱里去了；陷阱里的木棍和竹签，直刺得他们叫苦连天。也有被腿边的绳子绊倒的，"轰轰轰"一连串巨响，地雷将其炸得血肉横飞……

"兄弟们，报仇的时候到了，给我狠狠地打！"羊展鹏一声怒号。

"嘟——嘟——嘟"大角螺的冲锋号吹响了，一个个身披树枝、稻草等伪装物的羊家兵，纷纷从地面钻出来，从草丛中跳出来，从树干上垂下来，与日军展开了一场近距离的殊死搏斗。

羊展鹏略施一计，利用原始树林之间的空隙和密度，用山猪炮和陷阱，把日军的整支队伍，硬生生地隔离开来。迫使敌人首尾不能相顾，左右不能呼应。就像一盘围棋，黑白二子，看谁围攻谁。如果一步失误，反而被对方围攻。

这次行动，羊展鹏听从陈振民的建议，在所有羊家兵的脸上，涂抹着黎族人狩猎时用的五彩图。一方面适合隐蔽，另一方面也可以起到吓唬敌人的作用。如果在那深更半夜，你看见一个脸上涂着许多怪异色彩的人跳出来，不吓你个半死才怪呢。

羊展鹏端的是汤普森冲锋枪，其火力凶悍，打得日本兵无处藏身。陈振民用两把日式手枪，替换了原来的那两把短火铳。他左右开弓，弹无虚发，枪到之处，日本兵应声中弹身亡。铁匠使用的是一支中正式步枪，有两个日本兵挥舞着刺刀冲过来，他也不回避，用刺刀左右劈开对方的锋芒，然后从左侧斜刺过去，往日本兵的腰部捅了一刀。羊展强的衣服被树枝挂破了，他索性把衣服脱掉。打得兴起，他把日式三八大盖步枪当铁棍使唤，抽得日本兵手脚断裂，脑袋开花……

桥木左手握着手枪，右手拿着指挥刀，往前搜索着。羊玉鹭躲在一棵大板根树后面，见桥木近前，就从树后闪出来，一剑砍掉桥木的手枪。桥木用指挥刀一个冲刺，羊玉鹭躲闪不及，上衣给划破一个口子，露出花色的内衣。

桥木说："啊，是花姑娘！"他嘲笑着，"中国绑着小脚的花姑娘，应该在家侍候皇军，怎么也出来打仗？"

"放屁！你少啰唆！本姑娘不怕你！"在许多场合，羊玉鹭总是不甘落后于人，她始终以前辈穆桂英为榜样，做一个武艺高强的杨家将。

兵来将挡，几个回合下来，曾经在日军大队部比赛中得过剑道冠军的桥木，在羊玉鹭凌厉的攻势面前，没有得到一丝的便宜。

羊家村战士大部分使用的都是长火铳，枪口前面没有刺刀，许多兄弟在和日本兵短兵相接拼刺刀的时候都吃了亏。长火铳换火药也有一种麻烦，这些缺点都制约着战士们充分发挥作战本领。其他战士有的使大刀，有的用箭，有的直接把日军尸体上的枪抢过来投入战斗。刀剑闪烁，子弹横飞，各种搏斗和枪声响成一片，直打得天昏地暗，日月无光，血流成河。

日军的迫击炮和机枪，在这种树木林立的狭窄空间，失去了优越性。两军士兵太接近，几乎是贴身一对一、一对二的搏杀。日军哪里见过这种打法和阵势，逐渐败下阵来。

从树梢上滑下来一名探哨，报告后方发现日军的大部队。羊展鹏一声令下，探哨从背后掏出一面小铜锣，"当当当"地敲了起来，众兄弟听到撤退的指令，随即停止攻击，收拾起家伙，转身钻进丛林，一晃不见踪影了。

日军在现场收拾死伤人员，清点人数。死亡二十三名，伤三十五名。

羊家村也牺牲了十几名战士。其中有两名身负重伤而来不及撤退的，敌人包围时拉响山猪炮，和敌人同归于尽。日军在处理尸体时，发现有的双方士兵厮杀，同归于尽后尸首抱在一起分不开，有的还被咬下耳朵。可见当时战斗十分惨烈和悲壮。

手臂包扎着绷带的桥木站在大佐面前，耷拉着脑袋，如丧家之犬。大田一郎坐在一块石头上，面无表情；用手托着脑袋，陷入沉思。

"报告少佐，桥木指挥不力，请求军法处置！"

少佐厌恶地瞟了他一眼，骂了一声"八嘎"，就不吭声了。

显然，从个人感情上来说，他并不排斥桥木；但作为一名军人，他从内心瞧不起这一介武夫。他甚至怀疑，自己怎么会安排一个草包率领一支队伍行军作战？如果不是他的馊主意和鬼点子，也不至于损失这么多的士兵。

其实，这次行动失败，自己也有一份不可推卸的责任。明知桥木太冒进，也不加以制止。森林里，杀机四伏，太轻敌了！何况，自己也有侥幸心理在作怪。始料未及，羊家兵竟然有这般顽强战斗力和高超的战术。

这也是他，第一次在琼岛碰到如此勇猛强劲的对手。

"少佐，羊家兵太可怕了！他们用枪、用刀、用弓箭，还用身体撞、嘴咬、手撕，太恐怖了！个个彪悍凶猛，不怕死！依仗原始森林的优势，让我军屡屡碰壁，次次失利。恕我直言，请求退兵！"桥木说。

"刚才进攻自告奋勇是你，现在畏战退缩又是你！"少佐说。

"上个月，我军在清剿黑眉村时，三次清剿，都无功而返。主要是这些土匪不按行军打仗出牌，专搞游击战术！让人防不胜防，又无处下手！"桥木说，"我们还是停止进攻，撤退吧。"

大田一郎看着士兵个个蓬头垢面、伤痕累累、全身湿透、士气低落。

他想：这片原始森林，就像一只张开着血盆巨口的猛兽。这帮土匪正是利用这种优势做掩护，引诱我军进入虎口，然后以平时狩猎用的工具，把我军围困在林中，逐个消灭。树林里空间狭窄，地形复杂，险象丛生，我军的武器优势不能发挥作用。这种贴身搏杀，士兵再训练有素，也不是他们的对手。

此役，一百个"敢死队员"，伤亡过半。如果不是我的后援部队及时赶到，那必然是全军覆灭。但是，在目前情况下，只能一鼓作气一举拿下羊家村，而不是半途而废，无功而返。不然，如何向上级交代？

"放肆！"少佐瞪起眼，厉声道，"你蛊惑军心，临战畏战。再敢胡言乱语，将按军法处置！"

十五

过了原始热带雨林，紧挨着金凤山下，有一片人工栽种的橡胶林。

羊展鹰带着二十几个兄弟隐藏在橡胶林里。

因为要打仗，原先的胶农摇身一变，都成了战士。现在橡胶林空无一人，只有散落在树底下的一些木桶，几堆修整后的残枝败叶。羊展鹰等人在橡胶林各个角落堆放了一些干草，又点燃了一部分树枝，让水牛拉着，在林中来回走动。这些半湿不干的草木，燃烧起来，带着一股浓浓白烟，随风飘荡，逐渐弥漫了整个橡胶林。乍一看，这片橡胶林烟雾缭绕，朦朦胧胧。

羊展鹰想要的，就是这种让人捉摸不透的效果。

这片橡胶林，是日军进入羊家村的最后一道天然屏障。

大田一郎重整部队，带领大队人马穿过原始森林，眼前豁然开朗。开阔的草地上，一排排高大又整齐的橡胶林淹没在葱翠的绿色中。透过这一片橡胶树的空隙，羊家村在不远处依稀可见。

"嘿嘿嘿，"少佐得意地笑了起来，又眯起他的小眼睛说，"这回，看你这帮羊家土匪往哪里逃？"

他看见橡胶林里腾起一团团烟雾。从这些烟雾中，渗透出一股寒气和杀机，有一种不祥之兆。他命令桥木中尉带领一队士兵前往侦察，又用望远镜追着桥木的身影瞭望。许久，桥木回来报告，林中空无一人，只有许多堆杂草在燃烧。

大田一郎担心橡胶林里有埋伏，立即命令炮兵，瞄准橡胶林。他要用炮弹，炸出一条通往羊家村的安全和胜利之路。

十几门野炮、迫击炮一齐轰鸣，橡胶林里硝烟弥漫、弹片纷飞，爆炸声此起彼伏，只炸得橡胶树一棵棵倒下，火光四起。

经过几次交战，大田一郎也多少摸清了羊家兵的用兵手法，即利用地形地貌的优势进行作战，几乎不与日军大部队进行正面的较量。所以，他现在就要用大队人马，集中进攻，兵临城下，威逼羊家兵与其交锋。他不希望猫抓老鼠那样躲躲藏藏的游戏，他宁愿敌军孤注一掷地冲上来，与自己痛痛快快地厮杀一番见输赢。

炮声过后，大田一郎从腰间抽出指挥刀，高喊："突击！"大田一郎带领日军，一头扎进橡胶林。

橡胶林里，空空荡荡，显得异常安静。

偶尔听到横七竖八烧焦的树枝发出的迸裂声音，掺杂着空中飘落的叶子轻微的沙沙响；只有空气在缓缓地流动，寂静得令人毛骨悚然。这是暴风雨到来之前的宁静，只有日军的脚步声在树林里回荡。

一股又一股的浓烟从橡胶林四周的地面上渐渐升起，并迅速扩散；刚才能见度可达三五十米的距离，一会儿就连十几米也看不清楚了。分不清哪棵是树哪个是人。

少佐凭科班出身所学到的军事知识和历次作战经验来看，目前的处境对他十分危险。在可能迷失方向、判断不清敌方的情况下，深陷这种森林里行军作战，最忌讳的就是担心敌方用火攻。

少佐一想到这里，心里不禁暗暗叫苦不迭，浑身起鸡皮疙瘩。他马上叫来传令兵，命令部队停止前进，全速后退。

然而，为时已晚，不知从哪儿射来的几十支火箭从天而降，有些箭头还包扎着硝石、硫黄和炸药。火箭所到之处，橡胶林、地上干燥的枯叶和稻草见火就着；有一些火箭直接射在日军身上，那像烤鸭一般的灼痛，让他叫天天不应，叫地地不灵，只怪自己生错娘胎，长错国度。

浓烟熏得日军像一群无头苍蝇一样分不清东南西北，烈火又烧得无处藏身。从空中看，橡胶林变成了一片汪洋火海，人间炼狱……

大火过后，大田一郎才率领部队穿过橡胶林，安营扎寨。清点一下人数，阵亡、伤残二三十人，枪械辎重丢失无数。这回，少佐才感到部队元气大伤、士气低落，不由得悲从心来。

少佐想：这也许就是自己从军以来最狼狈、最不光彩、最耻辱的一次战斗。几百名士兵，配备了现代化的精良装备，竟然打不过用土枪武装起来的羊家兵。天时、地利、人和，均于我不利。正像拿破仑说的，战局瞬息万变。拿破仑也有滑铁卢的时候。看来，对付羊家兵，要从长计议，非一朝一夕能够解决的。但是，根据目前战况分析，我军明显是胜利者，节节逼近羊家村。损兵折将在战场上毕竟在所难免，只要达到清剿羊家村的目的，哪怕自己失去生命，也在所不辞。

他把桥木中尉等几个幕僚召集过来，把部队集合起来，训教道："大日本天皇陛下的勇士们，今日之战，异常艰苦，使皇军损失了许多优秀士兵。但是，皇军也消灭了大部分羊家土匪。明日攻城，皇军必定胜利！"

十六

羊展鹰带着一帮兄弟一把火烧了敌人，但也不敢恋战，按照羊村长的计划，后撤至拓碌河东岸——羊家村，与大部队会合了。

这条拓碌河，靠近村子的这段河道长有五百多米，宽三十多米，两岸堤墙高三至四米。堤坝顶部，则是用一米多长的花岗岩，每隔三十厘米横排过去。乍一看，就像倒放着的梳子，空隙处流淌着河水。行人来往，畅通无阻。堤坝内，水深好几米，清澈可见鱼虾游来游去；堤坝外，则是浅水沟，挽起裤脚就可过河。

用拓硌河的岩石而建起城墙，的确是个壮举。这城墙长有十多公里，围绕着羊家村而建。它高度约二点五米，厚度约五十厘米，塔形结构。建有几个瞭望台和观察窗口。城墙外，围绕着一条大水沟，深一点五米，宽两米，主要功能是灌溉农田。东西两个城门，放下大木板人畜才能通行。平日里，这东西门都是敞开着，迎着八方来客。

新月如弯钩，远远地挂在深墨色的天际，满天的星星宛如萤火虫，一闪又一闪着微弱的亮光；树叶一动也不动，好像一切都凝固了，只听得拓硌河潺潺的流水声……

羊村长带着羊玉鹭和羊展鹰等几个子弟，借助昏暗的光线，从东门一路巡视到西门。刚才，羊村长安排预备队把村里的老人和小孩儿连夜从东门撤出。日本兵的枪炮不长眼，让他们先到山后的树林里躲避日军的炮火。他还发动全村人，能拿枪打仗的男女都参战。一时间，聚集了四百多人。

他安排羊志武带领五十个子弟负责守卫东门，防止日本兵从东门进犯。东门的南边，是原始森林，有一小道可通官原村。这些小路，弯来拐去，不熟悉的人往往会迷路。

西门，则是羊家村的对外交通要道。从种植橡胶、热带水果采摘、农作物耕作到渔业生产，都是通过它到对岸，然后运输到琼岛各地。

羊展鹏带领一百五十名羊家兵镇守西门。羊村长有意把守卫西大门的重任交给儿子,他相信儿子,就像相信自己。他处事机灵、多智多谋,颇有男子汉气魄。大敌当前,就是要让他锻炼成长。

站在瞭望台上,羊村长说:"先祖当年建造这座围墙,其目的也就是为了防盗防家畜。想不到,今日是为了打击日本兵的入侵。有了这道防护墙,给我们创造了许多制胜的机会。是否,前辈有先见之明,也许有一天,子孙们会派上用场。"羊村长仰望着深邃的夜空,繁星点点,他似乎在寻求答案,"拓碌河对岸就是日本兵,明天必然发起进攻,羊家村危在旦夕呀。"

羊展鹏看见父亲顾虑重重,说:"阿爸你放心,人在村在,我们誓与羊家村,共存亡!"

"日军也就这样,没什么可怕的!"陈振民不屑一顾地说,"我们就要戳穿'日军不可战胜'的鬼话!"他突然想起了什么事,一拍大腿,"羊叔,我现在马上回黎村搬救兵。大难当头,我们黎族人不能袖手旁观啊!"

"好,人多力量大!"羊玉鹭说。

"那我现在就动身,羊叔,我去了。"陈振民说。

"振民,那就拜托你了!你快去快回,一路小心!"羊村长说。

羊玉鹭送走陈振民,站在父亲旁边,闷闷不乐,心里堵得慌,直想流眼泪,自己一时也觉得莫名其妙。

羊志武跑过来,老远就喊道:"大哥,告诉你一个好消息,红梅山游击队派兵来了!"

羊村长看见符策力带领着一支六十多人的队伍走过来了。

符策力前几天得到情报,日军要"扫荡"羊家村。他和队长一商量,征得总队首长同意,决定增援羊家村。

羊村长百感交集,在这关键时刻,只有肝胆相照的兄弟,才会伸出援助之手,患难之际见真情啊!他紧握着符策力的手,眼眶湿湿地说:"感谢符指导员的大力支持!"

"打日本兵,是我们分内事,不分你我!"符策力说,"羊叔,敌情怎么样?"

"日军气势汹汹,对羊家村志在必得。我们不与他争夺一城一池,打赢就守,打输就跑。留得青山在,不怕没柴烧。羊家村地方太小,经不起日军的炮轰。我们要分散兵力,不必做无谓的牺牲,要保存实力。日军擅长阵地战、运动战。我们在自家门口作战,是我们的强项。我们一定能打败日本兵!"

符策力说:"根据我们刚刚得到的情报,这支日军部队是从黄流、佛罗和岭头的三个分遣队召集过来的。加上本部兵力,共有三四百人。早些日子,他们对黑眉村抗日根据地进行了三次大规模的'扫荡',妄图拔掉这把插在琼西交通线上的利刃。游击队分兵把守各路隘口,埋地雷、布竹扦、放冷箭。讯号旗一升,牛角号频频吹响。漫山遍野,枪鸣箭飞,烟雾缭绕,弄得日军晕头转向,不敢贸然进军,被迫收兵回营。今天又到这里来'扫荡',我们要好好收拾他们!"

"对,要给日本兵一点颜色瞧瞧,以为琼岛都没人了,好欺负!"羊村长说,"日军经过我们设置的沿线有效阻击,从钓鱼岭小道布设假山羊、炸断钓鱼桥、热带雨林围歼和火烧橡胶林,现在已是强弩之末了!从士气、装备、战斗力都有损失。但是,日军屡败屡战,不顾生死,撞南墙也不回头。"

羊展强带着一名苗族人打扮的中年人过来。

羊村长笑道:"张大哥,久违了!"

来者是羊展强的岳父,远在四十几公里外山区的苗族头领张大山。

张大山虽是农村人,自身没读过什么书,摔倒也不知"爬"字一个,但对子女的教育还是用心的。他早知羊家村生活安逸,好学成风,就把他唯一的闺女送来这里读书。当时,羊展强和她正好是同窗。后来,两个人都长大了,两小无猜的同学就变成了夫妻。

"老羊啊,出这么大的事,你也不通知我一下,你还认我是兄弟吗?"张大山说话嗓门高,语气中分明带着几分责备和关爱,"打日本兵我也有一份责任啊!更不要说保卫羊家村啦!"

"打战非儿戏,我怕连累大家。"羊村长说。

"咱一家人不说两家话,我今天带着咱村里三十几条壮汉,全部由你调度,杀他个痛快!"

"好,好大哥!"羊村长双手一揖,"请受小弟一拜!"

两人客套一番,言归正传。

羊村长对羊展强说:"阿强,你带三十个兄弟和你岳父,现在就出村子,渡过拓碌河,在拓碌河上游那片林子里潜伏起来。一来防止日本兵从拓碌河西岸上游偷袭我们,二来也可照应羊家村。"

他对羊展鹰说:"鹰儿,你带领五十人,潜伏在拓碌河下游的那一片红树林,可配合二叔在东门的防守。你们两支队伍要记住,明天敌人过河时,一定要按兵不动,不要太早暴露目标;等日本兵攻打城墙时,你们才从左右两侧夹击。还有,如果今夜有日本兵从你们那里偷袭渡河,你们一定要坚决反击!"

两支队伍领命去了……

看着羊村长排兵布阵,符策力不免大感不解和担心,说:"羊叔,兵力都往外调,那村里的守防情况,这村子能保得住吗?"

"你放心,我自有安排。"羊村长看出他顾虑重重,笑道,"记得当时你说过一句话'兵来将挡,水来土掩'。现在,我把一个重要的任务交给你。你带上你的人马,趁着夜色的掩护,悄悄渡过拓碌河,潜伏在金凤山的南侧,一旦敌人增兵支援,就狙击拖住。如果日本兵兵败撤退,揍他一顿。"

符策力只好领命而去了。

羊玉鹭家的小狗不知从哪里冒出来,咬住她的裤脚不松开,直往外拖。这种反常现象,让她顿时心慌意乱。难道刚才心里一直不舒服,那种莫名的烦恼和悲伤和这个有着某种心灵感应?难道是陈振民发生了意外?

狗松开口,转身就往外跑,羊玉鹭紧跟着,才急行一段路,远远就看见几个人急匆匆地赶过来。她定睛一看,是铁匠背着爷爷,还有一个人抱着妹妹燕子。

羊玉鹭知道大事不妙,哭丧着脸,问:"铁匠哥,爷爷和妹妹怎么啦?"

铁匠一边哭一边说:"被日本兵——打死了。"

羊玉鹭哭喊着爷爷和妹妹,整个人瘫软在地,不省人事,晕过去了……

十七

早晨天空的云层很低，显得异常灰暗和沉重；原始森林起雾了，如白纱一般掠过橡胶林，飘过拓碌河，扑向羊家村。忽而一阵风儿吹过，下起了毛毛雨……

大田一郎少佐站在拓碌河西岸，用望远镜巡视一番羊家村，不禁皱起眉头，满心狐疑。

平日里，在这个时段，应该是农民下地干活、村妇做饭、鸡啼狗吠，却怎么连一点动静都没有？难道羊家村人连夜迁移，留下一座空城？昨晚接到士兵报告，羊家村漆黑一片，东西门都有人群向外移动。大田一郎暗自庆幸，羊家村看我皇军大兵压境，临阵逃跑，省得花我一兵一卒，岂不好事！但也不尽然，这是土匪的老巢，是不可能轻易放弃的。

几次的双方武力博弈，让大田一郎领教了羊家人的计谋，他现在万万不敢轻敌。但无论如何，不管羊家兵有多少阴谋诡计，他将利用先进武器装备和"武士道精神"，攻下羊家村，找回昔日战无不胜的雄风。

在一栋屋顶上，少佐发现了一面高高竖立的红旗，它迎风飘扬，可见"琼崖抗日独立总队羊家村支队"几个大字。他心里一颤，阴沉着脸，骂道："原来早是一窝土匪！"石墙上，用白涂料写着几个大字："打倒日本兵"。

少佐一时怒火中烧，命令炮兵，轰炸羊家村。霎时，一发发步兵炮、迫击炮炮弹飞向目标，羊家村硝烟弥漫，炮声轰鸣，弹片纷飞……

日军的炮弹如暴风雨一般倾泻而下,有炮弹落在房屋上,把石墙打个大洞,坍塌下来;椰子树被拦腰炸断,燃起熊熊大火;白鹭惊恐地漫天四散,街上的鸡犬到处乱窜。羊家兵躲藏在围墙后面,几发炮弹,不偏不倚炸中了在掩体里的战士,血肉横飞……

炮声一停止,日本兵开始进攻。

一排排日军呈梯形猫着腰前进,有部分士兵还扛着临时搭成的木梯子,从拓碌河西岸跳下,涉水过河。大田一郎观察这里的一举一动。日军已跨过河道中心线,完全暴露在敌方武器的有效射程之内。有的爬上岸,距离围墙仅十几米……

战场上没有任何枪声。

大田一郎紧张得连心脏都要跳出来。他简直不敢想象,换成他指挥,在敌军过河之时是最佳战斗时机,而眼前的安静,他快要发疯了。他命令第二梯队士兵快速跟进。

大部分日军都上岸了,开始围成扇形往城墙包围推进。

羊展鹏在围墙的小窗后面,密切注视着敌人的一举一动。铁匠按捺不住,说:"展鹏,开火吧!"

"不急不急,还不到时候。"羊展鹏说,"日本兵目前还不知道我们的底细,我们要按兵不动。再者,我们的长火铳不及日本兵的步枪,要把日本兵引到我们最有利的距离才打!"

日本兵越来越近,羊展鹏认为时机成熟,一声怒吼:"打!"瞬时,从城墙里扔出无数的手榴弹、山猪炮;从城墙的射击洞口,喷发出一团团火焰。铁匠地下室那两座日军92式75毫米步兵炮，以及 94 式 90 毫米轻迫击炮，也终于到了施展其威力的时候了。

从另一处掩体拉出三门土炮，炮筒取材于荔枝树木，用铁圈围了三圈，有四十几厘米粗壮，一米六长，左右两个大木轮。几名羊家兵从木箱里取出一发发乌黑浑圆的炮弹，内填炸药和铁砂。点起火，轰的一声，炮弹落在敌方阵地，炸得日军四处逃窜。

这是铁匠的自造火炮，射程在一百米内有效。几发炮弹射完了，炮手又匆忙把土炮拖进巷子里掩藏起来。他们知道，如果不赶快把它移走，便会成了日军炮火的活靶子。

在羊家战士的猛烈炮火下，日本兵倒下一批又一批，撤退了。

街上一片狼藉，到处都是断垣残壁、砖头瓦砾，有几处木门和木墙还在燃烧起火，冒着浓烟。几个子弟受伤，躺在地上痛苦地呻吟着，有些被炸断的手脚流着血。村民正抬着担架赶过来。

羊村长说："鹏儿，你马上统计死伤人数。我去学校探望伤病员。"

这所学校，变成了临时战地医院。一名子弟头部受伤，绑着纱带；老中医正给一名伤员动手术，从肩膀上取出一块弹片；羊玉鹭、小娟和阿娜在照顾其他伤员。羊村长和几个伤员交谈了几句，走出大门。

羊展鹏从那边跑过来，说："受伤四十一人，牺牲三十二人。"

"现在能拿枪打战的，还有多少人？"

"七十多人。"

"日军还会进行多轮轰炸。一旦日本兵进村，就与日本兵展开巷战。敌人被我们拖住，展鹰和展强就会从两翼进攻，我们再把预备队拉上来！"羊村长说。

"好，我马上去准备！"羊展鹏跑到石墙内，组织战士，各就各位，准备迎敌。

又一轮炮弹呼啸而过在城墙内爆炸，显然比第一轮更密集、更持久。

几发炮弹，相继击中了西大门，把整个木门都炸飞了，围墙也坍塌了。其中一发炮弹在红旗周围爆炸，红旗晃了几晃，倒下了。几名羊家兵，冒着炮火冲上去，把红旗重新插在那屋顶上。

日本兵进行了第二次冲锋。

这回，羊展鹏指挥大家一起开火。如果说，第一次接近敌人再打，有隐蔽自己的实力之说；第二次，就完全不必要了。现在的最佳方案，就是在河床里消灭敌人。日本兵相继中弹而亡，鲜血染红了拓碌河；后面的日本兵，踩着前面的尸体，号叫着冲过来，就像山间的蚂蚁，好恐怖的一幕景象。日本兵搭上木梯，冲过护城河，凶神恶煞地从破损的西门拥了进去。

羊展鹏带领的羊家兵与日军在这道围墙内外，展开了一场近距离的生死白刃战。羊村长在一堵破墙后手握驳壳枪射击敌人，羊志武带兵从东门赶过来投入战斗。

这是一场生死大搏斗，敌我双方都为荣誉而战。一方是保家卫国的正义之师，一方是侵略成性的邪恶之徒。

羊村长命令道："二弟，你抽调一队人员，三个人一组，后

瓯江船殇

撤到街上两侧屋顶,居高临下,夹击敌兵。传令兵,马上把预备队调上来参战!"

双方的战斗在激烈进行着,时间过得很慢,似乎在消磨人的意志和胆略……忽然,日军后方一阵骚动,左右两侧混乱起来。

原来,陈振民带领的黎族兄弟及时赶到,突袭了日本兵的炮兵阵地;羊展强和张大山率领的苗族兄弟从右侧杀进;羊展鹰等羊家军从左翼进攻。

日军前后左右四面受敌,一时成了瓮中之鳖。战况急转直下,日本兵全线溃败。

"冲啊,弟兄们!"羊展鹏一声高呼,"嘟——嘟——嘟"大角螺冲锋号再次吹响,旗手高举着红旗和战友们像潮水一样,涌向敌军……

十八

大田一郎带着一部残兵败将撤退了。

前面枪声大作,桥木中尉飞跑过来:"报告少佐,前方发现一股敌人。我们后退受阻!"

在靠近金凤山附近的一个山头上,有几十道黑洞洞的枪口吐着火舌,已有几个日本兵倒下了。

"石翻译官,这又是羊家军?"少佐身心疲惫地说,现在一提起羊家兵,他的下意识就产生了一种莫名的恐惧感。

"太君,我看不像羊家兵,羊家没有如此多的兵力。"石翻译官说。

伏击日军的这支部队是符策力的红梅山游击队。符策力按照羊村长的布置在这里等候日本兵多时了。

日军边抵抗边逃跑，来到钓鱼河桥边。过了这座桥，钓鱼岭就在面前。

大田一郎累得坐在桥头喘着粗气，脸色青白，虚汗从额头上一串串往下流。现在，他一刻都不想停留在这片充满火药味、给他带来无限耻辱和噩梦的战场。

他想：刚才和游击队的交火，一个在明，一个在暗，皇军明显吃亏了。幸亏在警卫的保护下跑得快，不然小命难保。一支屡建奇功的部队，只剩下区区一百多人，而且又是受伤少腿断胳膊的，实乃奇耻大辱哇！

今日与羊家兵之战，让他觉得如果中国军队都这么厉害，这么齐心协力，这么同仇敌忾，日军就是吃了豹子胆，也不敢侵犯中国一寸领土哇！有时候，我们在遇到困难和挫折时，往往会迁怒于人，而不从自身找缺陷，蚊子叮人都要看皮肤、闻气味呢。

胜败乃兵家之常事。他相信自己，总有一天还会和羊家兵大干一场；但他就不相信，日军会对付不了区区一个羊家村？

日军有个惯例，与国民党军交战，带上伪军当先锋；与共产党军队或游击队打仗，就用自己的兵力。这场与羊家兵之战，悉数动用自家部队。由此可见，日军十分重视这场战斗，对羊家兵还是有所了解。只不过，仍然低估了羊家兵的真正实力。

天色已晚，前方又出现一队人马；大田一郎听着，吓得全身瘫软，这回自己恐怕是在劫难逃了……临近一看，是驻守在钓鱼岭的部下接应他来了。

这一役，以羊家兵保卫羊家村的胜利、日军的战败而宣告结束。

六十几名羊家子弟和村民在这场战斗中牺牲，尸体摆放在羊家祠堂大操场，羊老爷子和燕子也躺在这里。全场的人都哭了，其场面惊天地、泣鬼神，人神无不动容。那可是一条条朝夕相处活生生的生命啊，说没就没了，谁能经得起这种打击！

白衣素缟，哀声不绝。羊村长主持追悼会，最后，全村人把这些英灵送上山，安葬在拓碌岭半山腰，那些前辈住过船形屋的旁边，让他们的灵魂得到安息和先祖的庇护。

十九

一担担石灰、沙子、石头，一根根树木，从东门、西门纷纷运到村里。羊家人都在抢修被日军炸毁的围墙、房屋、道路。十几个村民从山洞里挖出一筐筐铁矿石，抬着、挑着到炼铁车间。几个人忙碌着，把一炉丹红铁水倒进地上一件件模具里……

羊村长和几个泥水工在修补围墙，有说有笑。羊展鹏和其他人在帮助村民盖房子，几个人正把一根烧焦的木头拆除，换上新的柱子。铁匠在维修一门大炮，这次被日本兵炮弹击中，裂开一个洞，他找了一块荔枝木补上，再用铁皮包住，好像新的一样。符策力和陈振民用一只畚箕，把从拓碌河里捞出的两枚日军哑弹，提到铁匠这里。

时值中午，铁匠约了符策力等人一起吃饭，来到这家老字号"黄流鸭小食店"。

原来这条老街上有五六家小餐馆，也很热闹。自从与日军交战以来，吃的人少了，餐饮店也纷纷关门，仅剩下这家小食店。

这家店铺，桌子五六张，板凳二十来个；桌面油黑锃亮，搁着几个小瓶子，里面装着细盐、酸橘子、胡椒粉、灯笼辣椒等调味瓶。

店里空无一人。他们就随便找了一张桌子坐下来，要了五碗海南腌粉，再要了半只鸭。众人坐定，铁匠说："符指导员，我想请教你一件事。"

"哦，有啥事？请教不敢，你尽管说吧。"符策力说。

"你看我这个打铁的，整天忙里忙外，也赚不了几个铜板。"铁匠有点自卑，声音低沉，"等打完日本兵，我想和你一起去南洋那边赚点钱。"

"好哇，没问题。在马来西亚、菲律宾、新加坡、泰国、印尼都有许多华人，很多人赚了钱就不回来了！"符策力说。

"他们不要家了？还有国家？"羊展强忍不住插上一句。

"谁都想赚钱嘛！"符策力说，"还有希望和追求。"

羊展强不吭声了，他对符策力的话有点囫囵吞枣、一知半解。人家毕竟是多喝了几年洋墨水，识多见广。

几碗海南腌粉端上来，铁匠特意把一碗没有放猪肉丝的腌粉让给符策力。他知道他是回族人，不吃猪肉。

吃海南腌粉，还有点讲究：先来一小碗品尝，再来一大碗；吃到一半，再加点海螺汤，把剩余的粉合着汤吃完。配料有：油炸花生米、油炸猪肉丝、炸面皮、酸笋、葱花等。应该说，这个海南腌粉，是从厦门炒米粉引申过来的。因为琼岛的民众大部分都是从福建一带迁移过来；琼岛的方言，也属于闽南语系，所以保留一些生活饮食习惯在所难免。

符策力一边津津有味地吃着，一边说："我家附近几个村子，就有上百、上千人下南洋打工而定居下来。经过几代人艰苦打拼，外面生活习惯了，入乡随俗了。何况那异国风情，灯红酒绿……"

"哦，太厉害了，有这般好事？"陈振民听得目瞪口呆，思绪随着符策力的言语，仿佛周游了一圈世界。许久，他才从嘴里蹦出一句话："我也想出去看看！"在他的记忆中，还没去过省城，更莫提国外。一直以为，羊家村就是生活中的乐园。

"力哥，你这次特意从南洋回来，加入游击队打日本兵，还打算回去不？"羊展鹏说。

"打完日本兵，回不回南洋，可视形势而定。现在这个社会，总有一群自以为是的聪明人，总喜欢欺负老实人。那么，我们也应该醒醒，要变聪明起来。否则，一是死得很惨，二是怎么死了都不知道。"符策力喝完一口汤，碗底都露了出来；他余兴未尽，咂咂嘴，笑道，"海南粉几年没吃，这味道还是那么地道！"

"符指导员，再来一碗吧？"铁匠看他吃得满头大汗，把碗里的半粒花生米都啃了。

"不吃了，饱了！"符策力推辞着，打个饱嗝儿，几个人都笑了起来。

铁匠要了一壶山兰酒，说大家干活累了，喝几杯提提神，除除疲劳。几个人也不推辞，尽兴干了几杯。又把半只鸭，手一撕，人手一份，嚼了起来。

符策力掏出一包香烟分给众人，羊展鹏、铁匠摇摇头辞谢了。"你们不懂享受，饭后一支烟，赛过活神仙！"

陈振民接过一支，用火柴点燃后吸了一口，叹道："外国的香烟就是香，原来这香烟的名字就是这么来的。但是，力头不够！"他从裤兜里拿出一包东西，掀开看，是一团自加工的烟草，旁边几张薄纸。他弄点烟丝，用薄纸卷了一圈，再用舌头舔了一下封口，一支卷烟做成了。

"力哥、铁匠哥、鹏哥、强哥，你们来一口吧？"

几位都摇头谢绝，实在不敢恭维，这用口水糊着的土烟。

大家正谈得兴起，羊展鹰急匆匆跑过来，说："鹏哥，不好了，二叔在钓鱼河钓鱼，被日本兵子弹打伤了！"

羊展鹏几个人赶快放下碗筷，随他跑到钓鱼桥。在桥下河边的一块岩石旁，二叔躺在那儿，身边流着一摊血。

二叔说："我看大伙干活辛苦，想钓几条鱼改善一下伙食，不想日本兵就开枪打人。"

羊展鹏立即把二叔背到村里的诊所就医。

老中医观察了他的伤口后，说："子弹射进大腿，伤到筋骨，必须取出来。否则，大腿有截肢的危险。"

羊村长闻讯也赶过来探望。

一段时间以来，被日本兵无故打死、打伤的事经常发生。前几天，有一艘渔船出海作业，被日本兵发现了，枪杀了三个人。听渔民说，这群嗜血的恶魔还将杀人分为快杀、慢杀两种方式。快杀即一旦发现渔民出海作业，便登船杀人烧船；慢杀则是登船后用钢丝穿过渔民手腕，三五成群捆在一起推下海去，使其在疼痛与窒息中走向溺亡。

羊村长不禁皱起眉头，刚粉碎了日本兵的"扫荡"，又要遭受这种骚扰和毒杀。这般下去，那如何是好？是可忍，孰不可忍！

栖息在树林上的白鹭好像受到某种惊吓，腾飞了起来。羊村长下意识地抬头往半空瞭望，看到的却是这样一幕，钓鱼岭山上着火了，浓烟滚滚。村里的人都跑出来观看。但谁也不敢去救火，那里有日军把守。

符策力走过来，说："羊叔，看来日军要在这儿长期待下去了。"

"何以见得？"

"我看日本兵准备在山上造炮楼和碉堡。这是他们一贯的伎俩，以此达到威慑和控制一方的目的。驻守的日军少佐大田一郎，阴险狡猾，诡计多端，不好对付。"

"那我们该怎么办？"

"兵来将挡，水来土掩。总有办法。"

羊村长拍着符策力的肩膀，笑道："看来，你真不简单。"

后来，燃烧这场大火的原因真相大白，正如符策力所言，日军抓了许多劳工，搬水泥、拉钢筋、抬木头、挖战壕、架铁丝网……硬生生地在钓鱼岭砌起了一座炮楼和两个碉堡。

二十

羊妈妈坐在家门口椰树底下的椅子上，手里拿着一块布，在编织黎锦。脚边的竹盆里，放着一团团彩色织线。她看见有个人穿着一套灰色中山装，手里提着一袋礼品走过来，就招呼道："这位阿叔，你找谁？"

"这是羊村长的家吗?"来人问道。

"是的。"羊妈妈扭过头,冲着屋里喊道,"老羊,有客人找!"

"来了来了。"羊村长从大门出来,迟疑片刻,就认出来客,笑道,"哎呀,老同学,郭显勇!"

"羊志忠,羊班长!"

"哎呀,二十多年没见面,岁月不饶人啦!"

"是呀是呀,从一名热血青年,变成老头子了。不过,也不算老,五十刚出头,正是功成名就的时候。姜太公,八十才遇文王啊!"

羊村长被老同学一番风趣的话惹得笑了起来,"你呀,就是会说话,还是那么幽默。想当初,在学校读书,有多少个女同学被你迷住。"

"哪里哪里,还是你这个当班长的厉害,班里那个最漂亮的女孩儿,最后不是和你牵手走啦!"

"甭提了,脸红、脸红!"羊村长提起这些往事,还真有点不好意思,似乎回到了十八九岁,"哎呀,顾着说话,快屋里请!"

羊村长家,是一栋既有南洋风格,又有海南当地特色的砖石结构房子。门面有走廊,可遮风挡雨。一进大门,就是宽敞明亮的客厅,抬头可见中厅堂前挂着那幅横额"淡泊明志"四字;客厅里的家具,都是从山里砍来的菠萝格、紫檀、海南黄花梨做成的。精雕细琢,古香古色。客厅两侧,是主人寝室、书房,厨房和卫生间。子女的卧室,则安排在楼上。

他的房子很有特色,就是几家兄弟联建在一起。初看,都是独门独户。可是,只要你站在第一栋房子的大门口,就可看到后面一长溜一个个大门和客厅。兄长的房子在前排,二弟三弟四弟,就这么一直排下去。这样的建筑,有个好处,就是通风凉快。在琼岛一年四季如夏的天气,不知是哪位前辈发明这种建筑风格,既实用美观,又清爽宜人,一举两得。

羊村长把老同学请到自己的书房。

书房里有一张写字台,后面墙有两个又大又高的书柜,满柜子都是书。窗前,是一套红木家私和茶几,一把摇椅随意地搁在墙角。墙上挂着一幅山水画,一盆兰花盛开,散发着淡淡幽香……

羊志忠和郭显勇同岁,都属兔,羊志忠大郭显勇三天。他俩从私塾、乡办学堂,到市公立学校,一直是同班同学。后来袁世凯、张之洞奏请朝廷停办科举,以便推广学校,务求实学,并且命令学务大臣迅速颁发各种教科书,督促府、厅、州、县,在乡村各地遍设启蒙学堂。

因为这种变故,羊志忠从市公立学校毕业后,回乡当老师,操起爷爷的老本行。郭显勇则在父亲的安排下,报读云南陆军讲武堂,现在伪琼崖临时政府工作。

羊村长说:"你今日光临寒室,请多指教!"老同学急忙摆摆手道:"羊兄,指教两字不敢当,叙叙旧情吧!"

羊村长特意给老同学煮了一壶兴隆咖啡。一阵咖啡芳香扑鼻而至,咖啡煮熟了。羊村长起身斟了两杯,把一杯端给老同学:"这是纯正的兴隆咖啡,你尝一下,味道如何?"

"老班长,没想到你真是有心!过了这些年,你还惦记我这个嗜好,让我好感动,太感谢了!"一股暖暖的情愫油然而生,他的眼眶红了。

羊村长用手指往脑后梳理着头发，点燃了水烟壶，说："来一口？"

"谢了，我不吸烟，你用吧。"老同学说。

"好，你会保养身体！"羊村长说，"你也太见外，到我这里来坐坐，还带这么多手礼！"

"一点小心意，不成敬意！"老同学端起咖啡，用鼻子一闻，呷一口，咂咂嘴，称道，"地道，好咖啡！"许久，他说，"前段时间，你们把日本兵狠狠地揍了一顿，我为你们鼓掌和叫好！是该给日本兵一点颜色瞧瞧。"

"说不上高兴，我们羊家村付出了沉重代价。"羊村长神色凝重地说。

郭显勇叹了一口气，说："当今中国，各种势力，各立山头，名为大众，实为祸国殃民也！"

"哦，请老同学指教！"羊村长说。

"孟子曰：'夫人必自侮，然后人侮之；家必自毁，而后人毁之；国必自伐，而后人伐之。'你想想，如今国内这种形势，各党派纷争，钩心斗角；内敌外患，战火不断，如何是好？"

"老同学有这份忧国忧民之心，我十分敬佩！"羊村长说。

"位卑不敢忘忧国啊！怎么说，咱们都是中国人，谁不想自己的国家强盛发达！只有国家强大，别人才不敢欺负！"

"说得极是！"羊村长用手抚摸着下巴，把水烟壶收了起来，说，"我看目前国内形势，与当年三国鼎立，平分天下的状况有些相似。"

"此话怎讲，说来一听？"郭显勇饶有兴趣地说。

"中国现有三股势力，左右着中国未来的发展方向。一是美国扶持的国民党，以蒋介石为代表的亲美派；二是共产党，由毛先生等带领；三是以汪精卫为主导的伪政府，以及末代皇帝溥仪的政府，他们的后台老板是日本。这三方势力左右着中国的未来！"

"讲得很好，有独特见解！"

"其实，国家大小并不重要，重要的是人民的福祉！大事国家、民族，小事乡村、家庭，道理亦然。"

老同学听了，颇有感触地说："战争，其实都是政治家和军事家的把戏；是好战之徒，神经病发作的变态产物。就像日本和德国纳粹。"

老同学喝完一杯咖啡，羊村长再给他斟上。他接着说："前段时间，我看了一篇文章，文中提到'中国历史上的耻辱不能完全归之于侵略者，那时的清政府，无视人民的疾苦才是中国最大的症结。第二次鸦片战争时期，当中国人笑看清军溃败时，英军统帅巴夏礼目击此景，十分疑惑不解，问其买办何以至此，买办曰：'国不知有民，民就不知有国。'国家不过是统治者的私产，是人家的国家。朝廷从来不把老百姓当人看待，这样的国家、朝廷、官府，与老百姓又有什么关系呢？正如我们现在的中国，没有内乱争斗，政权腐败，日本人岂敢乘虚而入？"

"老同学分析一针见血，羊某洗耳恭听！"

"'虽有智慧，不如乘势；虽有镃基，不如待时'！凭你的才智，而屈于乡村僻野，是国家之不幸也！"老同学呷了一口咖啡，没有立即把咖啡吞进喉咙里,而是在嘴里用舌尖搅着,慢慢体会着兴隆咖啡那种独特的苦中带香的风味。

"你过奖了。"

"羊兄,你何不同我一起出山,学当年孔明出隆中,辅佐刘皇叔于天下,万世垂名!"

"当今社会,没有刘皇叔,更没有诸葛亮。修身、齐家、治国、平天下。当初读书时,有此抱负和理想。读好书,报效国家。但时过境迁,如今,我只愿羊家村免于战祸,求一方平安已足矣!"

"日本人这次侵犯琼岛,意在拓碌铁矿。"

"那你的意思是?——"羊村长说。

郭显勇话锋一转,说:"古人曰:'小固不可以敌大,寡固不可以敌众,弱固不可以敌强'。拼命抵抗其精神是可贵的,但在强大的敌人面前,屈服而保全民众,不失为一种有效的办法。从历史角度而论,强弱吞并是一种自然现象;国家,是一个概念和虚构的东西;人的生命,才是最宝贵的!"他思忖片刻,说:"俗话说,无事不登三宝殿。我受人之托,只要你们搬出羊家村,以前之事既往不咎,还可以给一笔补偿金!"

"哦——有这等好事!绕了一大圈,你终于把底牌亮出来了。"羊村长笑道,"你当日本人的说客来了?这片土地,本来就是我们祖辈生活的地方。他们有什么资格,叫我们搬走?"

"羊兄,人在河边走,不得不湿鞋啦。你听我讲几句。"郭显勇说,"如果这个拓碌铁矿大力开采,可以带动很多产业。比如码头、铁路、水库;还可以解决很多人的就业问题,带动一方经济的发展。"

"你讲的话也许没错！不过，你回去告诉日本人，如果我到他家，杀他兄弟，奸他姐妹，抢他东西，他乐意吗？"

"哎呀，老班长啊，你还像以前那样的犟脾气。人常说，江山易改，禀性难移呀！说句心里话，羊家村，历来都是我们这一方民众的楷模。我真的不想看到，羊家村与日本人大动干戈，生灵涂炭、玉石俱焚啊！"

"感谢你的直言，但愿如此吧！"

郭显勇端起咖啡喝得一干二净，掏出一片手帕，擦了嘴巴，站起身子。他左顾右盼，岔开话题："听说羊家村在你的管理下，门不闭户，路不拾遗，民风淳朴。我倒想看看，可以吗？"

"当然可以，请！"

两人走出羊家，径直来到羊家祠堂。郭显勇在杨公殿前烧炷香，又去参观学校，只听教室里传来一阵清脆的朗读声："'见其礼而知其政，闻其乐而知其德……麒麟之于走兽，凤凰之于飞鸟，泰山之于丘垤，河海之于行潦……以力服人者，非心服也，力不赡也；以德服人者，中心悦而诚服也。'"

"'以力服人者，非心服也，力不赡也；以德服人者，中心悦而诚服也'。羊兄，这话讲得太好了！如果我没记错的话，此话乃孟子之言。"郭显勇说。

"你的记忆力真好，是孟子所言。"

"朗诵课文的这个老师是谁？声情并茂，富有感染力！"

"是我家闺女鹭儿。"

"哦，是羊兄千金！她也继承了你的衣钵，怪不得有这等书香韵味!"

耳边又传来琅琅读书声:"大道之行也,天下为公。选贤与能,讲信修睦。故人不独亲其亲,不独子其子。使老有所终,壮有所用,幼有所长……故外户而不闭,是谓大同。"

"孙中山先生英年早逝,实乃中华民族之大不幸啊!'天下为公''博爱',今日几人能做到?"羊村长触景生情,心里一阵难过。

"'革命尚未成功,同志仍须努力。'每次想起这句话,我都要泪满襟。为国家,为民族!"老同学回忆道,"我原本也是中国同盟会员啊,曾经有幸目睹孙先生伟容,聆听教诲!"他掏出手帕,擦了一下眼睛。

两个人都沉默了。

良久,羊村长说:"你现在在汪精卫手下做事?"

"老班长啊,当今天下大乱,人在江湖,身不由己啦!"郭显勇感慨道,"老羊啊,我终于明白。这个羊家村,就是你精心经营的一块宝地,我服你了!我也想早日离开那个是非之地,和你在此共叙友情,安度晚年。咱们后会有期!"

二十一

杨家祠堂明德厅,羊村长召集大家议事。

"近来,日军为了巩固其统治,在我们周边的几个被占领的县城,先后建立了伪治安维持会。他们加紧设防,广贴布告,招抚归顺日军。建立了治安维持会,实行'以华治华'政策。还重编户口,发放良民证,建立保甲制,最终形成'一人反日,十家受罪'的格局。外来内出的百姓，都要向'保长甲长'报告登记。否则，当作共产党、窝匪论处……"羊村长抽口水烟，接着说，"日军霸占钓鱼岭已有半年时间了，还把通向外面的几条山路给堵死了。"

羊志武说："日本兵这一封锁，害得我们吃饭都困难。有些人只好上山找野菜摘地瓜叶充饥。番薯玉米，一天两顿都够不上。这般下去，如何是好？"

"大家动动脑子，与其让日本兵困死饿死，不如自己想办法解决。'天无绝人之路，人有逆天之时'。"羊村长说。

陈振民说："我看，干脆和日本兵干一仗，像上次一样，打他们个屁滚尿流。"

羊展鹏说："振民讲得也对，他不让我好过，我要让他肚子疼。"

铁匠说："那你有什么好办法？"

"我看只能智取，不能硬攻。如果一时攻不下钓鱼岭，大队日本兵及时出动，我们就会两面受敌。"羊展鹏说。

羊展强说："我倒有一计，不知可行不可行。"

"说来听听。"羊村长说。

"我们平时打猎，走南闯北，什么深山老林、悬崖峭壁没有去过？我发现，有一条崎岖小路，从我们村子到拓碌岭和五指山，绕路再到钓鱼岭东面的海边。这样一来，日本兵怎么也不会料到，我们会走这条路。不过，路途需要两天才能到达。人也不能多，便于隐蔽。"

众人正议论着，有人来报，邢保长和符策力来了。羊村长出门迎接，大家寒暄几句，就到里面就座。

"你们是从哪儿过来的？"羊村长问。

"日本兵围大路，我走小路；日本兵围小路，我走山路，办法总比困难多。日本兵封山封路，总不能封住我们脚手！我们是本地人，脑子里都是路。谁还会让一个屁憋死！"符策力的一番话，引得众人哄然大笑了起来。

邢保长说："阿忠啊，现在羊家村可是出尽风头了。街头巷尾都在议论，羊家战士是如何打败日本兵的，着实为我们海南人民出了一口气！"他从口袋里取出一张纸，"这是琼崖抗日独立总队冯队长写来的贺信，托我转交给你。"

一张对折的小字条，纸张有点皱，颜色泛黄。羊村长掀开一看，用毛笔写着几行字。他念道："欣闻你们在反'扫荡'打击日军的战斗中，表现出英勇的红军战士本色，深表祝贺！大敌当前，务必戒骄戒躁，团结一心，共同抗敌，以至取得最后胜利。根据工作安排，任命羊志忠同志为琼崖抗日独立总队羊家村支队支队长，符策力同志为指导员。"

念完，羊村长把这封信传给大伙看了一遍，收起来，放在胸前的兜里，用手指压了压，说："感谢冯队长的贺信！欢迎符指导员加入羊家村支队。这是总队对我们的支持和信任！这封信，很珍贵啊，虽寥寥几句，胜似千言万语！"

"今后我们并肩作战，共同杀敌。"符策力说，"你们羊家兵，都是'在业红军'啊！"大家听了，会心地笑了，鼓起掌来。

琼崖红军游击队自一九三七年建立之初，总人数仅有六十余人,还有"在业红军"约两百人。"在业红军"来自各行各业,不脱离生产,平时接受秘密的政治军事训练,必要时参加红军游击队的行动。所以,符策力把羊家兵比喻为"在业红军"。日常上山务农,下海捕鱼。一旦有敌情,拿起武器,就是战士。

"好一个'在业红军'!"羊村长说,"我们是生产、杀敌两不误!"

符策力说:"告诉大家一个好消息:近来国共两党再次合作,同仇敌忾,一致对外!日本兵连续在内地吃了几个大败仗,日子不好过了!"他从挎包里拿过报纸,念道:"7月7日,湖北宜昌近郊,国民党军队歼日军9000余人……八路军已由三年前的4万余人,发展到近50万,在解放区战场抗击日军。8月20日,'百团大战'拉开序幕……现在,由国军、新四军、八路军、游击队组成的抗日大军,给予日军沉重的打击……"

"好好,那太好了,我们民族有希望了,我们国家有希望了!自家兄弟骂一骂,吵吵架,也没有什么大不了的事!俗话说,'嘴唇和牙齿这么亲热,也有相咬的时候'。日寇,才是中华民族共同的敌人!想我小时候,体弱,二弟常欺负我。一旦别的兄弟欺负我,二弟却会找他拼命。"羊村长说。

"我这里还有一件好东西。"符策力又从挎包里取出一个长方形盒子,羊玉鹭眼前一亮,说:"哇,这是什么?"

"这是收音机,羊叔,送给你!"符策力说,"我托南洋的朋友买的。"

羊村长曾经托人到上海买一台,迟迟买不到。以后有了这台收音机,不但可以了解国内外形势,而且可以学到更多的知识。

符策力把收音机频率调了一下,从喇叭里传来一首歌曲:

起来,
弟兄们,
是时候了,
我们向日本强盗反攻。

他,
强占我们国土,
残杀妇女儿童。

我们保卫过京沪,
大战过开封,
南浔线,
显精忠,
张古山,
血染红。

我们是人民的武力,
抗日的先锋;
人民的武力,
抗日的先锋!

符策力介绍道:"这是由田汉作词、任光谱曲创作的《七十四军军歌》。"

"唱得太好了,唱出我们中国军人的气魄和威猛!"羊展鹏说。

"太厉害了,就像我要说的话!"陈振民说。

"哈哈哈,你能说出这样的话,那你不叫振民了!"符策力调侃地说。大家都笑了起来,陈振民也跟着讪笑了。

"怪不得日本兵这段时间没有那么嚣张,有所收敛,原来事出有因哪!"羊展鹏说,"像缩头乌龟躲在炮楼里,不敢出来。"

"听说日本兵从琼岛调了一部分兵力深入内陆,前线兵源告急。"符策力说。

从收音机又传来一首电影《马路天使》的《四季歌》:

春季到来绿满窗,
大姑娘窗下绣鸳鸯。
忽然一阵无情棒,
打得鸳鸯各一方。

大家听得如痴似醉。羊玉鹭说:"唱得真好听,啥时到上海,看场电影,那太幸福了。"

"我也想去。"陈振民附和了一句。

羊展鹏打断了他们的对话,说:"我们还接着刚才的话题,怎么打钓鱼岭。"

符策力从鞋里掏出一张纸:"看来,我是赶上趟了。羊叔,我们通过线人,弄到钓鱼岭日军的兵力、火力配置图。日军共有五个班,五十多人。一个炮楼,守兵一个班。两个碉堡,两个班。其余的日军在外围站岗放哨。火力布置有迫击炮、轻重机枪等等。"

"哎呀,这太好了!"羊村长说,"刚才我们还在研究如何攻打钓鱼岭,没想到,你却送来这份珍贵的礼物。你真是山东及时雨宋公明也!"

羊村长看着这张手画地图,琢磨了一番才说:"你们看,日本兵的炮楼在钓鱼岭东面最高点,后面就是悬崖峭壁;两个碉堡呈钳形一字排开,火力相互交叉和覆盖,狡兔三窟哇!看这架势,一副戒备森严,易守不易攻!日军的攻守水准,真是天衣无缝!"

正所谓,英雄所见略同,惺惺惜惺惺。羊村长把头倚靠在椅子上,闭着双眼,默默地抽着水烟。

"哦,还有一事,我差点忘记。明天晚上,有十几个慰安妇要到钓鱼岭炮楼,'慰问'日本兵。"符策力说。

"什么?慰安妇!"一直在一边听着羊村长和符策力讲话的陈振民,像触电似的从座位上弹起,脸色骤然发青,双眼喷出火花,双手扳着符策力的肩膀,摇晃着说,"力哥,是真的吗?"

"千真万确。日军经常会抓一些姑娘到全岛各地'慰问'驻军……"

"放肆,这些真该天打雷劈的日本兵!"陈振民禁不住脱口骂道,"那些慰安妇,都是一些什么人?"

"有韩国的,有黑龙江的,也有黎妹子。"符策力说。

"天哪!"陈振民边说边用拳头捶打自己的头部。

"振民,你先冷静一下!"羊村长说,"符指导员,我们正好趁着日本兵得意忘形,把这些慰安妇一同救出来,趁机夜袭钓鱼岭。你看怎么样?"

"好,今晚行动!"符策力说。

二十二

夜空中划过几道像蜘蛛网一样的闪电,一声闷雷过后,刮起了一阵风;稻田里偶尔传来几声青蛙的"呱呱"叫,钓鱼河水声潺潺流向东海。几道黑影,紧贴着钓鱼河的峭壁,灵敏地往山上攀登;探照灯有规律地转来转去,照射在河面、山道和周围的草木,像鬼影在漂移着;时常还听见日军在小路上巡逻的脚步声。

探照灯过后,四周又是一片漆黑。黑影利用这个空当,飞身跃上路面,了无声息地卧在路边的草丛中。一个巡逻兵过来,黑影一甩手,一支飞镖直击要害,日本兵一声不响地瘫软在地;哨所外,一道黑影悄悄靠近,又把一个站岗的日本兵解决了。

羊展鹏、羊展强几个人把黑色外衣一脱,露出日军服,扮成日军在巡逻站岗;铁匠、羊展鹰往河里抛下几条粗麻绳,学青蛙"呱呱"叫了几声,十几个黑影从岸边冒了出来。他们抓住绳子,很快就攀登上山。

羊玉鹭带着小娟、阿娜等十几个姐妹参战,她们都是训练有素的战士,另有特殊任务。

天空乌云密布,几滴雨水飘落下来;朦胧的夜空,霎时雷电轰鸣,倾盆大雨如注……

"你们看,老天爷也在帮咱们!"羊展鹏说。

在这种风雨交加的夜晚，的确便于行动和掩护。精明的日军，也会放松警惕，何况一直以来，固若金汤、相安无事的钓鱼岭。

羊展鹰、羊玉鹭等二十几人，潜伏在公路边上的树林里，耐心等待。雨水打在椰子树上一阵噼啪响，顺着叶子像一条条蚯蚓，落入草中。不久，雨停了，山区的天气，往往有这种云雨。云飘到哪儿哪儿就下雨，有时隔个田坎也淋不到。

几道汽车灯光划破漆黑的夜空，一辆摩托车在前开道，护送着一辆卡车，由远而近驶过来。身穿日军服的陈振民、铁匠带着几个兄弟拦住车队。

陈振民用日语吆喝道："停车，检查！"

摩托车上的日军，递上一份通行证。陈振民瞥了一眼，骂道："八嘎，伪造证件，冒充皇军，拿下！"不由分说，树林里早已冲出羊家兵，把摩托车和汽车团团围住，四个日本兵没有丝毫防备，只好乖乖束手就擒。

"先把他们捆绑在树上，等我们干掉了碉堡的日本兵，再押回村里。"羊展鹏说，大家一起动手，七下八下就把几个日本兵捆得结实，嘴巴用块布堵塞，派一个人把守。

陈振民打开卡车后门，十几个穿戴着各色衣服、打扮得花里胡哨的姑娘，战战兢兢地躲在车里不敢出来。他喊道："小兰，小花！"

"民哥，是你吗？"从车里跑出来陈振民的妹妹小兰，她看见是哥哥来营救她，从车上跳下来，紧紧地抱住哥哥，号啕大哭了起来。

"小兰,小花在哪里?"陈振民说。

"民哥,小花宁死不屈,几天前,她……她跳河自尽了!"小兰想起妹妹小花,不由得声泪俱下。

"不会的,小花是一个很乖巧的小妹——她不会自杀的,她不会自杀!"陈振民泣不成声,兄妹俩就像生死离别再重逢,哭成一团。

羊玉鹭吩咐姑娘们在车厢里把衣服脱下来,跟羊家姑娘对换。她自己则穿上小兰的旗袍。身着花衣裳的羊家姑娘,个个亮丽动人、妩媚十足,看得几个兄弟一时都傻了眼,啧啧称奇。

羊玉鹭安排小娟和阿娜先把这十几个姑娘送回村里。

摩托车和卡车开进了哨所旁的一个小操场,"慰安妇"们鱼贯下车;"日本兵"在前面带路,探照灯照亮着这支特殊的队伍,一路畅通无阻。

羊展鹏一行到达炮楼前,十几个日军早已垂涎三尺,凑上前来,叫个不停;大田一郎的目光就像一只馋猫,盯住眼前的一大堆鱼肉,视线停留在羊玉鹭的身上。

大田一郎用手一指说:"她留下,其他的分配到各个碉堡去。"

羊展鹏等人就把十几个"慰安妇"分成两个小组,由几个日军带路,往躲藏在昏暗灯光下的碉堡走去。

他默默记下这些暗堡的位置。

羊玉鹭跟在少佐身后走上炮楼。

炮楼里的墙上挂着一幅"武运长久",昏暗的灯光照在墙角的一面膏药旗上。少佐从办公桌后的柜子里拿出一瓶红酒,斟了两杯,把一杯酒递给羊玉鹭,说:"你不要怕,这杯酒给你压压惊,喝了以后就会兴奋无比的,干杯!"

羊玉鹭坦然地把酒接过来,并没有喝,只是把酒杯放在鼻孔处闻了一下,说:"好酒!"

"小姐也会品酒?"

大田一郎好奇地瞧着羊玉鹭。平时,他接触过许多慰安妇,要不大吵大闹、死活不依;要不像木头一般,任你摆布。但面前这位小姐,不仅有品位、懂风情,还美丽得让人心跳。

今晚,羊玉鹭穿着一件白色的旗袍,领子和袖口都绣着蓝绿相间的小花,色彩淡雅又不失端庄,配上她白皙的肤色,显得秀丽绝俗,艳色照人。虽说这条旗袍是陈振民妹妹穿的,但好像就是给羊玉鹭量身定做似的那么合身得体。俗话说"人长得好看,穿什么衣裳都漂亮",看来这话一点都不假。她领口低垂,如雪似酥的胸部隐约可见;旗袍开衩处,露出了一双皓洁的粉腿。

少佐见过姑娘无数,但像羊玉鹭这般天生丽质、高贵不俗的女子还是第一回,不禁怜香惜玉起来。

他笑眯眯地问道:"小姐,你是哪里人?"

"我是琼岛人。"

大田一郎的双眼贼溜溜地盯着羊玉鹭丰满的胸部。羊玉鹭下意识地把旗袍的领子往后拉了拉,不由得脸红了。她长这么大,从来不曾穿过这么性感暴露的服装。

"你是我所见过的小姐里,最善解人意、最漂亮的一个!"

"你是我所见过的皇军里,最客气的太君!"

"呵呵呵!"大田一郎对羊玉鹭这种鹦鹉学舌般的语气,开怀大笑了起来。他把外衣一脱,把手枪及指挥刀往墙上一挂,说:"小姐,快把衣服脱了,春宵一刻值千金哪!"一杯美酒下肚,少佐的欲望急速膨胀,急不可耐地要动手解开羊玉鹭的旗袍。

羊玉鹭一闪身,躲了过去。

她犹豫着,外面一片寂静,鹏哥和振民都没见动静。可是,不管鹏哥那边情况如何,既然已深陷敌阵,日本兵就在眼前,哪怕寡不敌众,也要和他拼个你死我活,绝不能让自己洁净的身体被日本兵玷污了。

想到这里,她"嗖"的一声从腰间抽出一把软剑,剑锋直指大田一郎。

大田一郎大吃一惊,他哪有见过这般烈性和胆大的慰安妇。但他毕竟是个军人出身,在战场上见惯刀枪,何惧一个女人的威胁。他迅速后退几步,顺手抓起一把椅子,阻挡着羊玉鹭杀气腾腾的架势。双方一时僵持着。

此刻,外面响起地雷的爆炸声,不知是哪个人踩到地雷,随之一阵枪响。大田脸色骤变,说:"你到底是什么人?"

"我是羊家村羊玉鹭!"

"啊,羊家村!"

大田一郎如同腊月天整个人掉进冰窟窿里去了,从头冰到脚,心里不由得掠过一丝胆怯和战栗。

"知道就好,还不快快投降!"

少佐摇晃着两个手指,嬉皮笑脸地说:"我是军人,宁可战死,不可投降!"

"废话,我倒要瞧瞧!"听见外面一阵枪响,羊玉鹭自知情况有变,想速战速决,尽快脱身。她挥舞着那把剑,一剑砍到少佐拿椅子的手臂上。少佐号叫一声,酒意也苏醒了;他抓到墙壁上的那把指挥刀,满脸杀气地扑了过来。

两个人在楼上兵来将挡,扭成一团。

从楼梯口传来急促的脚步声,少佐说:"花姑娘,我的人来了,你乖乖束手就擒吧。听人说,羊家姑娘美若仙女,今日一见,果然名不虚传。我就喜欢你这种有个性的美人!"

羊玉鹭并不答话,举剑便砍。

少佐虚晃一枪,打掉了羊玉鹭的剑。少佐用手中的刀锋指着羊玉鹭的鼻尖,说:"怎么样,乖乖就范吧?别做徒劳的抵抗,像你这般美女,我怎忍心伤害。"

羊玉鹭并不怯场,她轻蔑地一笑,神态自若地往后退着。只见她手臂一甩,好像耍魔术一般从身后掏出一把手枪——铁匠送的那把仿勃朗宁手枪,此时派上用场了。这回,该轮到羊玉鹭逞威了,大田一郎只好乖乖又无奈地放下指挥刀。

楼下又传来几声枪响,然后归于平静。从楼梯口冲上来陈振民,手握两把手枪,威风凛凛地站在大田一郎面前。

"你是什么人?"虽是败兵之将,少佐骨子里还带着一种傲慢,他对陈振民不屑一顾。

"我就是你们日夜想抓的,杀死你们司令长官的陈振民!"

"是你!今天你到了我的地盘,我要让你插翅难飞,死路一条!"少佐咬牙切齿地说。此刻,外面枪声大作,陈振民和羊玉鹭从炮楼的瞭望口往外张望,不免一阵惊愕。

原来附近的日军发现这边有情况,增援过来和羊展鹏他们交上火了。陈振民一看情况危急，一回头，不见少佐身影，但也无心恋战，拉着羊玉鹭的手急忙从炮楼上撤退下来。

少佐从墙角暗处冒出来，他气急败坏，羞愧难当，嘴里不停地骂着"八格牙路"，用指挥刀把桌子上红酒和酒杯一扫，满地叮叮当当响。他想：这么一桩美事，又在自己地盘，给搅黄泡汤了。俗话说"煮熟的鸭子也会飞"，简直岂有此理！他好像一名演员，在炮楼里自导自演着，是那么的滑稽和狼狈；又像一只无头苍蝇，围着桌子转了一圈又一圈；他越想越恼火，欲火在他体内迅速地燃烧着，于是他挥舞着那把指挥刀，吼叫着冲下炮楼。

二十三

话分两头。

陈振民带着一组"慰安妇"来到一座碉堡。他手势一指，随行的"慰安妇"同时行动，从身后掏出匕首，扑向日本兵。陈振民一个箭步，用手臂从背后使劲钩住一个日军的脖子，匕首在脸前一晃，就要砍过去。但他立即怔住了，几乎不敢相信自己的眼睛。他要杀的这个人，竟然是和妹妹谈恋爱的那个台籍日本兵山潭少尉。

陈振民用闽南语低声道："你是山潭吗？我是振民。"

山潭也同时认出陈振民，说："民哥，是你？你怎么在这里？"

"我来救小兰！"

"小兰在哪里？"

"小兰已被我们救走了！"

"真的，妈祖保佑啦！"

陈振民把这边事处理完毕，反身冲进炮楼去救羊玉鹭。

陈振民和羊玉鹭冲下炮楼和羊展鹏等人会合，一面反击，一面撤退。无奈敌人越聚越多，一时脱不开身。双方胶着着，谁都不敢轻举妄动。日军不知羊家战士的底细，到底来了多少人马；至于羊家战士，已经达到救人和杀敌的目的，现在想尽早脱身离开。一旦日军增援部队到了，十几个羊家子弟就会成为瓮中之鳖。

一束探照灯光照射过来，他们立刻暴露无遗。突然，日军火力凶猛起来，迫击炮、机枪一齐开火，有人中弹倒下了。一发炮弹在羊玉鹭身边爆炸，陈振民奋力一跃，把羊玉鹭推倒在地，让自己的身体压在她上面。他受伤了，鲜血顺着大腿流淌下来。羊玉鹭试图用手捂住伤口，但是，血还是从指缝间渗透出来。

陈振民说："为了救我家小妹，连累了众多兄弟姐妹，实在对不起！你赶快和大伙撤回去，我掩护，否则来不及！"

"不，你刚才是为了救我才受伤的。我背你！我们不会落下你不管！"羊玉鹭和羊展鹰伸手夹起陈振民胳膊就走。又有一发炮弹在他们身边爆炸，羊展鹰一时跌倒在地。

"二弟，你受伤啦？"羊展鹏发现羊展鹰脸颊上流血。

"没事，只是给弹片划了。"羊展鹰说，并用手擦去脸上的血水。

陈振民对羊展鹏说："我的腿，行动不方便。你们快撤退，我求你了鹏哥，为了鹭妹和大家！"

"我留下来,鹏哥,你们撤!"羊展鹰喊道。

"先撤吧!"山潭少尉插上一句,"我给你们带路,这里到处是地雷,再不撤,恐怕谁都走不了!"

在山潭的心目中,他认为有必要帮助这些素不相识的羊家人。他认准一个理,既然这些人是跟陈振民舍生忘死地前来营救他的女朋友小兰,那么这些人就是好人。这个时候,如果他不伸出援助之手,恐怕很少有人能成功逃脱这个地雷阵的。

"好了,你们快撤!我留下来阻击敌人!"羊展鹰用一支三八大盖,边反击边说。

"我掩护!你们快走!"铁匠敞开喉咙喊道。

他一旦愤怒起来,就是天王老子都要畏惧三分。看他平时如此羸弱和老实,在这生死存亡的关键时刻,却能挺身而出。

炮弹呼啸着在四周爆炸,子弹"嗖嗖"地从头上飞过,日军在火力的掩护下,冲过来了。

羊展鹏大发雷霆:"大伙都不要争了,再争下去我们都要死在这里!现在听我命令,把身上所有的手榴弹都扔出去。铁匠、展鹰、振民留下来阻击敌人,其他人全部撤退!"

大家很默契地拉开手榴弹上的扣弦,喊声:"一二三,扔!"

一个个手榴弹在敌人阵地炸开了花。几个日本兵中弹倒下,其余的躲在工事后面,伺机反扑。趁这机会,山潭带领众人抄小道避开雷区,逃到山下了。

桥木中尉带领日军团团包围住陈振民、铁匠和羊展鹰。他发现,就这三个人拖住他们的后腿,白白让那些羊家兵从自己的眼皮底下溜走。他不由得恼羞成怒,抽出指挥刀,命令日军举枪射杀。

"慢，且慢！"在这千钧一发的时刻，有人出面阻止了。石翻译官跑到桥木面前，"太君，留着他们，日后大有用处！"

桥木不知石翻译官意图何在，欲要发作，只见石翻译官对他耳语几句，他的脸色由愤怒转为笑了。

在炮楼里召开的会议上，少佐说："桥木这次立了头功，值得嘉奖！尽管被羊家兵劫走了十几个慰安妇和损失几个士兵，但是和抓获陈振民等三个土匪比起来，后者重要得多。毕竟亲自活捉杀害司令长官的罪魁祸首，此事一旦上报司令部，必将通报表彰、立大功。这次行动中，我们还是疏于警戒，让敌人有可乘之机。因此，我决定，向司令部请示，再增派一个小队，以便加强钓鱼岭的兵力。我早有所闻，羊家人爱兵如子，我倒要看看，我手里的这三只小绵羊，是如何被狼叼走的。"他狞笑着，"桥木，你把那三个小子丢在炮楼前，我倒要瞧瞧，到底他们有多大本事，敢劫刑场！我要让他们来一个杀一个，来两个杀一双！"

二十四

铁匠、陈振民、羊展鹰三人被敌人捆绑在椰子树上，十几个日军上前扒光了他们的衣服，用树枝轮流抽打他们的肉体，胸前留下一道道伤痕，血肉模糊。日军每抽打一下，陈振民就破口大骂一次；这更激起他们的兽性，拔出刺刀，把陈振民当活靶子练习……

"不不不——"羊村长被这噩梦惊醒了。他一骨碌坐起来，冒出一身冷汗。正所谓"日有所思，夜有所梦"。陈振民等三人在这次营救慰安妇的行动中,为了掩护众兄弟安全撤离,选择留下来和敌人周旋,无奈寡不敌众被俘。

羊村长从床上下来,披件睡衣,趿拉着拖鞋到书房。他从书桌上取来水烟壶,摆弄一下,坐在那张摇椅上,抽了起来。他烟瘾很重,每天张开眼睛第一件事,就是吸烟。这个水烟壶,简直就是他生命的一部分。

踱到窗前,风吹着芭蕉叶沙沙响;外面天还没亮,有一丝曙光隐约出现在天际线上;一只雄鸡啼叫着……

他想起遭遇不幸的父亲和女儿燕子。

战争非儿戏,是你死我活的一种暴力行为,更是人类社会进步中的一场灾难。羊家村,本想独善其身,但也难以幸免。在这场史无前例的人类大劫难中,谁都难于逃脱这种命运。每每想起此事,他便坐立不安、寝食难安。

他习惯性地用手指梳了几下头发,用手擦把脸,仿佛清醒了许多。

现在,最紧要的,是如何营救羊家子弟逃出虎口,免遭皮肉之苦和生命危险。这段时间以来,他每时每刻都在考虑这个问题。他思考了种种营救方法,但都被自己一一推翻否决。诚然,日军太强大,以钓鱼岭为天然屏障不说,更兼有炮楼、碉堡等工事。强攻,绝对不可以,犹如豆腐碰石头;智取,有了上一次慰安妇的经历,日军变本加厉地增加了兵力,加强了警戒。羊家兵要想突破这一道道防线,无疑是比虎口拔牙还难,难于上青天。

昨天下午,他和符策力、羊展鹏等人爬上钓鱼岭对面一侧小山岭,观察钓鱼岭敌军兵力部署情况。其实,羊村长对周围方圆一两百公里的山山水水、一草一木都十分熟悉；哪处有座桥、有条河、有道山坡、有树木都了如指掌，更何况钓鱼岭。

钓鱼岭三面环山，一面靠海，周围都是热带雨林，山势陡峭，易守难攻。炮楼方圆三四百米阵地，所有的树木都被砍光，露出许多光秃秃的岩石；只是在靠近炮楼、碉堡附近，才依稀地留着几棵椰子树、槟榔树、杧果树……

他就这般在室内踱来踱去，一筹莫展。

他步出门外，不觉中来到杨家祠堂。他双腿跪在杨公的塑像前，手举两炷香，默默祈祷，他祈求杨公给他智慧和力量，解救子弟于水深火热之中。礼毕，他心事重重地步出祠堂，来到大街。自战争以来，街道明显冷清了许多，萧条了许多，有失去爱子的痛苦，有失去丈夫的孤独。

一个六七岁的小男孩儿跑过来，喊道："阿公，我的风筝挂在树上了，您帮我拉下来！"

羊村长一看，是铁匠的儿子。铁匠被抓，家里的人都瞒着孩子，所以不知情的小儿天真烂漫地在放风筝。看见铁匠儿子，就如同看见铁匠。羊村长心生内疚，似乎胸口在滴血一般难受。其父生死不明，如果这般小小年纪就没有父爱，实乃人间悲剧呀！我现在唯一要做的事，就是让这种悲剧尽量减少发生。

他蹲下身子，双手抱起小儿，在他红润的脸蛋上亲昵地吻了一下。小儿领他到一棵椰子树底下，抬头一看，果然在半空中飘着一只风筝，而风筝的线被椰树枝缠住了。他伸手把风筝线扯下来，交给小孩儿，他欢快地跑开了。

羊村长又往前面走，看见许多人在做孔明灯。这时才想起来,过几天,就是元宵节了。他停住脚步,站在那里,看了老半天。猛地,他抬头望天,五指拍额,说:"天助我也!日本兵可灭啦!"

今年的春节过得了无生气,以至元宵节到了,都感觉不出来。换成往年,不知该有多热闹。舞龙、耍狮、抬火锅、迎鱼灯、放孔明灯、猜灯谜、唱琼剧,没有闹个十天八天是绝不罢休的。四邻八坊,周围乡村,扶老携幼,呼朋唤友,都像赶集一样云集这里,熙熙攘攘,热闹非凡。

日寇来了,这里一切的一切都彻底改变了。

羊展鹏和羊玉鹭迎面走来。

"阿爸,我们找了你老半天,原来在这里。"羊玉鹭情绪低落地说,"刚才有人上山砍柴,看见展鹰、铁匠和振民被围在树下,我们也该想个办法救救他们。"她低垂着头,用手帕轻轻抹去泪水。这三个人不仅有她的堂哥铁匠,胞弟展鹰,还有心爱的陈振民,怎不让她伤心垂泪。

"鹭儿,阿爸知道你的感受!"羊村长爱抚着长女的肩膀,说,"你们来得正好,去通知大家,有急事商量!"

两人刚离开,山潭少尉和小兰来到他面前,向羊村长鞠了一躬,山潭说:"羊村长好,我和小兰是来向你辞行的。"

"哦,你们要去哪里?"羊村长对这个台籍日本兵还是有好感的,这次钓鱼岭营救那十几个"慰安妇",如果不是他伸出援手,恐怕那十几个羊家兵,都早就成阶下囚了。

"我想到黎村去,和小兰平平安安过日子,我厌烦这场战争!"他想,现在日夜思念的小兰就站在自己的身边,他再也不想让心爱的人得而复失，遭受非人的命运。他知道，今生自己再也离不开她了。

"好好，我祝福你们！"羊村长目送着他们远去。

半炷香工夫，羊村长、符策力、羊志武、羊展鹏、羊展强，还有羊玉鹭、小娟、阿娜等十几个人齐聚明德厅。

"铁匠、振民和展鹰，被日本兵关在钓鱼岭有二十几天了，这么热的天气，就是好端端的人都受不了，更何况身体都受了伤。"羊村长开门见山地说。

"救人是一定要救的，迟救不如早救，免得节外生枝。"符策力说。

"大哥，有啥好主意，你就尽管说吧。我们羊家人，不是怕死的孬种！"羊志武说。

"阿爸，你下令吧，我们不能眼睁睁看着二弟他们遭罪，见死不救啊！"羊玉鹭说着，鼻子一阵酸楚，掉下泪来。

一时，大家默默无语。

羊村长望着众人，缓缓地说："如果我们就这般草率、心浮气躁地去救人，正好中了敌人的诡计。我有一计，可破敌，可救众弟子。"他拿出一份地图，娓娓道来，"这是一个连环计，需要大家各方配合，不仅要一战决雌雄，还要让日本兵滚出钓鱼岭！"

羊村长命令羊展鹏和羊展强，带上十个兄弟，从拓碌岭到五指山，再绕道钓鱼岭，从东面的悬崖攀登上去。

"这是日军警戒最薄弱的地方。《三国演义》曹魏部队的邓艾将军，率军偷渡阴平小道，翻山越岭，穿越七百里无人区，潜入刘禅的背后，才把蜀国灭亡了。你们的任务是爬到山顶后，先把敌军炮楼的探照灯干掉，让它变成盲人。阿强，我知道，你是我们羊家兵队伍里最出色的狙击手，你做得到吗？"

"没问题，请阿叔放心！"羊展强果断地说。

"鹏儿，你们现在就出发，一路小心行事，成败在此一举！到时我再增派人员从那里潜入敌营支援你们。我们以孔明灯为信号，一起动手！然后你们见机行事，想一切办法，把铁匠三人营救出来。如果顺利，把碉堡也炸掉！"羊村长解下腰带，把驳壳枪送给儿子，"关键时候有用！"

羊展鹏和羊展强受命而去。

"二弟，交给你一个任务，是你的拿手好戏，做孔明灯。"羊村长拍拍他的肩膀笑道。

"大哥是在开玩笑吧，当下，谁还有闲情弄那个东西！"羊志武一脸懵懂地看着大哥。他是制作孔明灯的高手，每年村里活动，都是他牵头组织。他曾经做过一个十几米高的孔明灯王。

"这是一件很重要的任务，你马上发动家家户户做孔明灯，孔明灯按它的承受重量限度，在下方绑一些柴油、炸药和鞭炮。"羊村长说。

"这是为何？"羊志武还是莫名其妙，不知家兄的意图。

"你看，这几天尽刮西北风，我们何不借助这股风力，让孔明灯飘往钓鱼岭，然后——"

"这孔明灯又不像风筝，它不受控制。"

"那你就知其一，不知其二了。如果有二三十个掉在日军阵地上，我们也算达到目的了。我们的孔明灯，一是借火造势，声东击西，分散敌人的注意力；二是配合鹏儿的行动。真正有多少作用和威力,还是不好猜测。"羊村长说。

"那好吧,我去发动大家。"羊志武半信半疑地走了。

"鹭儿、小娟、阿娜,你们的任务有关这次行动的成败。"羊村长说。

"阿爸,此话怎讲?"羊玉鹭说。

"乐观地说,你鹏哥可以救下振民他们;你二叔用孔明灯,可以达到预期目的。但是,敌军碉堡前沿阵地几百米,四周布满地雷的空地,却是我们无法跨越的障碍。知己知彼,百战不殆。阿爸用兵,不拘常理;一切事物,皆我所用。"他对女儿耳语几句,羊玉鹭心领神会地点点头,和小娟、阿娜安排去了。

布置完了任务,羊村长似乎心里还不踏实,用手挠着头发,默不作声。站在一旁的符策力看他一副焦虑不安的神色,问道:"还有哪里不妥?"

"还差一支兵。"羊村长说,"如果我们和日军开战,日军增兵到,我们就两面受敌,一切计划,前功尽弃。"

"我听懂了,知道该怎么做了。"符策力起身便走。

"等等,你要去哪里?"

"你不是让我去搬救兵吗?"

"哎呀,什么事都瞒不过你!指导员,这事重大,有劳你跑一趟。请红梅山游击队出山,助我羊家兵一臂之力,并肩作战。单凭羊家兵,还不能置敌人于死地。"羊村长说,"你们在钓鱼岭以西的毛感山伏击敌人,让日军不得增援钓鱼岭,并乘机消灭之!"

符策力领命而去。

二十五

羊志武到了村里，找来几个人，吩咐下去，准备竹子、麻绳、米糊、纸料，还有桐油、煤油、鞭炮、炸药。安排什么人做什么事，分工合作，齐头并进。一时，全村上下，男女老少，听说孔明灯能够打日本兵，都积极动起手来。砍竹子的砍竹子，搓麻绳的搓麻绳，仅用半天工夫，挨家挨户都做了好几个孔明灯，集中放在祠堂大操场上。方形圆形、高矮不一、千姿百态，场面十分壮观。

午后，羊村长让村民抬来全猪、全羊、全牛，他要在羊家祠堂举行祭祀祖宗的仪式。羊家村历来传统，逢年过节、结婚嫁娶、盖房奠基都要举行这种仪式。一来缅怀感恩祖上功德，二来保佑子孙平安。

但是，今天的意义非同一般。

羊村长表情肃穆，神态庄重。他一身道教人士的装束，头戴冠、着长袍、足高履，舞剑甩袖唱词，像演戏。他用九炷香三磕九拜谢天地，又分别把高香插在各个香炉里；抽出几张金银纸，点燃，在神位前舞动着，诚惶诚恐……事后，他招来诸兄弟，坐在祠堂门口，悠闲地品起了老爸茶。

案上，一炷檀香飘着淡淡的青烟，自西南往东北方向飘去，香气四溢，拂向天际。

日薄西山，羊村长掏出怀表一看时辰，下午七时。

"放孔明灯！"羊村长一声令下，一传十，十传百，各家各户，大人小孩一起玩转起来。点火、抬灯架、灌棕油、扎鞭炮、装炸药；一阵手脚忙乱，却也不亦乐乎。一个个孔明灯，先后升空起飞，映红了大半个天空，浩浩荡荡地飘往钓鱼岭方向……

羊展鹏、羊展强等十个兄弟日夜兼程、风餐露宿，第二天下午，终于到达钓鱼岭东面海边。

海浪拍打着礁石激起朵朵浪花，浪涛声在礁崖间久久回荡。一层层乌云掠过波涛汹涌的海面直往天际线赶去。

"大家走累了，休息一下。"羊展鹏说。

众人坐在卵石滩上，把身上的装备卸下来。羊展鹏从一个袋子里取出几块煮熟的番薯。"你们还有什么好吃的，通通拿出来，吃晚饭了。吃饱了，打日本兵才有力气。"

羊展强拿出两穗玉米，有人递过来一包马铃薯，还有七八个枕果。大伙三两下，就把这些东西吞进肚子里了。

"强哥，记得那年我们和鹭妹一起来这里钓鱼捡海螺，鹭妹吓得不敢下去。"

"不过也算勇敢，还是下到海边。"羊展强说，"你看，这山路没人走，杂草就疯长，都看不见路了。"

日本兵没来时，时常有人从山顶下到海边捞些海货。日本兵来了，这条山路就被禁止通行，因此就荒废了。

羊展鹏背起装备，羊展强拿起砍刀，在前面开路。一边砍掉那些挡路的杂草树枝，一边谨慎地搜索前进。猛地，羊展鹏低声喊道："站住！"走在前面的羊展强，其后背的装备钩住一条线。顺着这条线，分明看见几个手雷挂在树枝下的阴暗处。

"看来，日本兵诡计多端，早有防备！"羊展鹏等人把那条引线排除后,说,"大家要小心看路!"

大家披荆斩棘,来到了悬崖边。抬头望去,山体陡峭,怪石丛生。他们找到了原来的那条小路,身子几乎贴着那悬崖,艰难地爬到了山顶。

日军做梦也不会料到,羊家兵会从这里爬上来,就在他们的眼皮底下,而他们却还蒙在鼓里,浑然不知。

羊展鹏等人在一块大岩石后面隐蔽起来。他用望远镜巡视敌方阵地,发现刚好有几个日本兵从炮楼里出来换岗;镜头再往左边移动,几棵椰树下,围困着铁匠三个人。他攥紧拳头,骂道:"可恶,看我今晚如何收拾你们!"

二十六

在炮楼前方十几米的地方,有几棵椰子树,树的四周用铁丝网一圈圈围住,陈振民、铁匠和羊展鹰就被关在这里。

一个日军过来,从铁丝网的一个小门,给他们送来五六块番薯,一碟酸菜和一碗水,当晚餐。

"天天这酸菜,人都变酸菜了。"羊展鹰抓起那碟酸菜,就要往地上砸,但手在半空中,还是停住了。

他明白,敌军戒备森严,在有把握之前,父亲是不会轻易动手的。时间过去这么久了,获救的希望十分渺茫。自出娘胎也不曾受过如此的苦难,不由得悲从心来,哭了起来。

"怎么啦,展鹰?男子汉大丈夫,哭什么?大不了就是一死。"陈振民把一块番薯递给他,自己再拿起一块,咬了一口说,"有番薯吃,还算不错了。我以前听一名老红军说过,当年在定安母瑞山根据地,他们穿戴的红军装和八角帽,好几年才发过一套。真是缝了再缝,补了又补。没有饭吃,山上野菜充饥,大家叫它'革命菜'。没有房子住,树枝树叶搭成了帐篷。睡的是草地,盖的是芭蕉叶。许多碗,还是用椰子壳做的。"

铁匠说:"振民,你腿伤好些了吗?"

"好多了,多亏翻译官送的药!"陈振民摸摸腿部,"就是有点痒。"

羊展鹰说:"我真的受不了了,快疯了!在这里,没水冲凉,全身又酸又臭,头发都生虱子了。一到晚上蚊子又多又大,咬得我全身发痒。真是生不如死!"

几个人听了,一时都沉默了。

过了许久,陈振民说:"我给你们讲一个流传在黎族山区的神话故事。在一次打猎中,一个黎族阿哥看见一头母鹿,追到岸边,前面是大海,眼看没路了。母鹿一回头,变成了一个美丽的阿妹。于是,阿哥和阿妹结为夫妻,白头偕老。"

羊展鹰说:"你是那个猎手吗?"

"不是。"

"我看,我家鹭姐就是那只美丽的鹿!"

陈振民抿嘴一笑,从铁丝网外面摘片树叶,放在嘴唇上,吹了起来。铁匠和羊展鹰听了曲子,也跟着哼了起来:

久久不见久久见,
久久相见才有味。
阿妹哎,

瓯江船殇

好久不见真想见……

忽见天上飘过来一只孔明灯,羊展鹰说:"我多么希望像那只孔明灯,飞翔在天空,自由自在!"

"今天是元宵节,要是往年,我会带上儿子和老婆去海边放孔明灯的。"铁匠说。

"展鹰,铁匠,羊叔会来搭救我们吗?"陈振民说,这一刻,他也许想起了羊玉鹭。

"一定会的,阿爸绝对不是一个见死不救的人!我相信他!"羊展鹰说,"昨晚,我梦见爷爷和燕子。爷爷在放羊,我和燕子在拓碌河边摘了许多凤凰花——爷爷和妹妹死得太惨啊!"说着,眼泪扑簌簌又掉了下来。

二十七

大田一郎坐在炮楼上抽着闷烟。

近来,他经常心绪不宁,还做噩梦。不是自己被羊家士兵打死,就是遇难的中国人找他索命。在梦里,他分明看见那些在树林里被火烧焦缩成一团的士兵尸体,有些尸体的眼睛还是睁开的,惊恐万分,显然这些昔日的战友看到了死神的最后招手;他也看见漂浮在钓鱼河里的那一个个亡魂,在异国他乡挣扎着、哀叫着……这一切,就像幽灵一般地在他心头回荡。只要他闭上眼睛,就历历在目。

有一次,深更半夜内急,到门外小解,竟然看见一团阴影从眼前一晃而过。他是一名军人,身经百战,从不信邪。但在钓鱼岭待久了,整个人的思想观念都发生了变化。有时,他都怀疑自己的这种念头和动机。

战争,给他带来什么?它的意义何在?国与国之间,人与人之间,难道一定要付诸武力才能解决问题吗?与羊家士兵的交战,算是他戎马生涯中的一个败笔。

这时,一个日军闪进门来,一个立正:"报告少佐,刚才派出去取水的小分队,又遭到游击队伏击——"

大田一郎双目一盯,怒气冲冲地吼道:"快说!"

"阵亡三名士兵。"

"啪——啪——啪",大田一郎勃然大怒,左右开弓,连续给士兵三个巴掌,喝道:"滚!"

自从日军"扫荡"羊家村失败以后,日军就在钓鱼桥上设木桩、架铁丝网,封锁了羊家村的通道。敌我双方,以桥为界,一段时间来,也相安无事。钓鱼岭的日军,每天派人到钓鱼河挑水。但是,有村民到河边钓鱼,炮楼里的日军发现了,就开枪射击,打死打伤了几个人。这样一来,把羊家子弟惹火了。

羊展鹏过来找铁匠,铁匠正在和三十几个村民在他家的后院制造枪支弹药。羊展强也在这里帮忙。

上次羊家村保卫战那三门土炮让铁匠尝到了甜头,其威力不亚于日军迫击炮。他现在从缴获的日军兵器中,有损坏的就修修补补。日式三八大盖代替了长火铳,手榴弹代替了山猪炮。

他看见羊展鹏过来,从木箱里抓起一把崭新的子弹,说:"阿鹏,这是你的汤普森冲锋枪子弹,你拿去用吧。"

枪好使，子弹难求。铁匠这里的枪，有日式、美式、中式，真是五花八门，乱七八糟。有些枪，仅有几发子弹，打了就没有了。起先，大家出战，身背两支枪。以日式为主，以防万一，带上长火铳备用。自从羊村长发话，铁匠也就从地下搬到地面，从躲躲藏藏，到光明正大。如今，这里生产的枪支弹药，就像羊村长当时说的，人人手中有杆枪，还有子弹。

"我不是来取子弹的。"羊展鹏说，"你现在是一门心思造枪炮，不问世间任何事。"

"到底怎么回事？"

"你没听说吗？日本兵在钓鱼岭肆意开枪，上次打伤了二叔，这次又打死了两个村民。"

"我真的不知道。"铁匠拿块抹布，擦擦手，给羊展鹏倒了一碗鹧鸪茶，让他坐下来慢慢说。羊展鹏就大概讲了事情的经过。

"日本兵不给我们钓鱼，我们就不给日本兵水喝。"

"这个，我倒没想到，只想拉上你的荔枝大炮，轰他几下，以牙还牙！"

"要不，我们在钓鱼河上游放毒。"

"日本兵死了犹自可，我怕弄脏了我们河水，还有鱼，又会污染海水。这个办法不行。"羊展鹏说。

"我看，还是用我的狙击枪说话。"羊展强走过来，挥动着手中的狙击步枪。

果然，连续几天，羊展强在距离钓鱼河八百多米的地方，用那把春田狙击步枪，把挑水的日本兵一一干掉了。从此，日本兵情愿多跑几公里的山路，也不敢再来钓鱼河挑水了。

这件事，迫使日军天天派一辆军车，到一个叫山江圩的村庄，运水到钓鱼岭据点。每次运水，还要派十几个日军押运。

后来有一次，羊村长和指导员一合计，带领五十多名羊家兵，进入日军必经公路两侧高地埋伏。当日军运水车进入伏击阵地时，两面夹攻，全歼日军十一人。往后日军每次运水，必须派重兵押运。稍有不慎，就遭到袭击。此事让日本兵绞尽脑汁，又无计可施。

"桥木，你有何打算？"大田一郎一屁股跌坐在椅子上，口气缓和了一些。桥木中尉站在一边，一脸懵懂，他对上司这种平和的态度更觉得后怕。他了解上司，他情愿少佐大发雷霆，然后同样给他几记耳光。

"我马上调查！"桥木中尉出去，找来刚才报告的士兵，了解了一些具体情况，反身进屋，对大田一郎说："报告少佐，袭击我皇军士兵的这些人，还是羊家兵。"

少佐歪下头，叹口气："又是羊家兵，好狡猾的一步棋，断我们水，不让我们活，逼我们撤兵。桥木，你知道怎么做？"

"下次加强警戒，不让此事再次发生！"桥木说。

松井军曹从门外进来，他的脚走起路来，一瘸一拐的。上次在热带雨林的战斗中，他的脚不慎踩到了狩猎用的铁夹子，要不是抢救及时，他早已成一堆白骨。命是保住了，脚却毁了。少佐对这个部下还是厚待，调到身边，算是对战争做出牺牲的一种补偿。"报告少佐，羊家村上空发现大量灯笼。"松井说。

少佐问石翻译官："这些灯笼，你能解释一下吗？"

石翻译官说："报告太君，你有所不知。今天是中国农历元宵节，按照历来习惯，都有舞龙、舞狮、放孔明灯的活动。"

"哦。原来如此！"稍等片刻，少佐又问道，"那三个羊家土匪怎么样啦？"

"死不了，但也活不成了。伤口发炎，气如游丝，我看挨不过几天。"石翻译官故意撒了个谎。

少佐不让陈振民等三人就这么便宜死了，他的意图是想放长线钓大鱼，否则羊家兵就会放弃营救，那么他的计划便会落空。然而，这实际也给羊家兄弟留下一条获救的机会，却是他不愿意看到的。石翻译官利用这个借口，给羊家几兄弟捎一些吃喝，不至于饿死渴死。

在石翻译官的内心深处，已经是"身在曹营心在汉"。

给日军当翻译，实在出于无奈。因为自己早年赴日本求学，回国后在政府对外部门工作。日军侵华后，四处寻找翻译官，他不幸被选中。现在，他父母及妻儿全部在海口日军占领区。一旦他背叛日军，其代价就是全家人的生命。他有苦难言，度日如年，盼望早日摆脱这种非人的生活。

那天，中尉一时怒起，要枪杀铁匠他们。他凭自己独特的身份，义无反顾地挺身而出，制止了这场杀戮。中国古训，"救人一命，胜造七级浮屠"，何况是救自己同胞的三条性命。

"羊家人好厉害，我们设圈套，就是不上钩；情愿对不起这三人，不想更多人送命！这样的指挥官，实在太高明，让人敬畏三分！"少佐抽完香烟，对旁边的桥木中尉说："桥木，拓碌铁矿那边的情况如何？"

"报告少佐，按照工期进度，再过一个月大型机械就可以到新矿区开采作业！"桥木说着，递给少佐一支烟，少佐接过烟。桥木从裤袋里掏出火柴，点燃了。少佐猛吸一口，随之把烟吐了，说："你辛苦了！"桥木受宠若惊，忙不迭地说："不敢，不敢，桥木愿效犬马之劳！"

"一旦新矿区正式投产，今后工作重点就有所转移，大部分兵力也会相应撤走。我们一定要确保皇军的铁矿及沿途火车、公路、码头的安全。让这种军用物资，源源不断地运往大日本本土，为天皇效力！"

太阳下山，天色已晚。阵阵西南风，托着几十上百个孔明灯腾空而起，飞向钓鱼岭。

放过孔明灯的人都明白，放孔明灯，一般要在开阔地放飞。如果附近有树林、山岭、民房，是不敢放的，免得孔明灯在飞行过程中坠落，引发火灾。羊村人在节日放飞孔明灯，都要跑到沙滩，而且风向也要对，让孔明灯飞向大海，否则，孔明灯飞往自家方向，万一掉下来，燃起大火，那羊家村四周的一片片橡胶林、原始森林和房屋，就损失大了。有一年放孔明灯，突然风力转向，孔明灯落入森林，烧了三天三夜，才熄灭。

以目前这种风势，就是不在孔明灯上面做点手脚，大部分的孔明灯也过不了这个钓鱼岭，只能挂在半山腰和树上燃尽。

盘踞在钓鱼岭的日军，从来未曾见过这般景象，纷纷跑出碉堡和战壕，翘首张望。连年的战争，难得松弛一下紧张的神经。

大田一郎也在炮楼上观看，这不由得勾起他孩时的回忆：

他家住日本横滨地区。父亲从商，颇有家产，兄妹三个，他排行老二。童年时代，他是个天真活泼的小男孩儿。节假日，父母亲经常带他们兄妹几个到海边游泳；每年的樱花节，他们都会到郊外去踏青，放风筝、采野果。生活富裕，无忧无愁。

一九一二年九月一日的关东大地震，把这个幸福的家庭彻底砸碎了。他家里的四个亲人，全部遇难。他因去北海道参加企业组织的旅游观光，才有幸逃过一劫。这场由自然界引发的大灾难，改变了很多日本人的世界观和价值观。

两百年以来的江户文化化为灰烬，不复存在。日本人感到国土狭小，自然灾害频发，要开拓生存空间。自从吞并朝鲜以后，它瞄上了近邻，大而孱弱的中国。

为缓解国内压力，弥补其资源不足，日本制定了一系列侵华策略，"欲先征服世界，必先征服中国"，并且把眼光瞄准中国东三省。他就是在这种历史背景下从军，而后被派遣到中国地区作战……

"砰砰"，不知从哪儿传来几声枪响，几个孔明灯像断了线的风筝，歪歪斜斜地掉了下来，不偏不倚，正好掉落前沿阵地上，把地面的草木点燃了。

原来，羊村长耳授机密给羊玉鹭，就是要求她在钓鱼岭周围，安排一些枪手，把飞临到钓鱼岭日军阵地上空的孔明灯打下来。

大田一郎马上预感到情况不妙，紧急传达命令加强警备。警报器响起来，探照灯来回照射。

二十八

孔明灯升空，就是开始攻击敌人的信号。

羊展强躲在岩石后面,用一些树枝把自身隐蔽起来。竖起拇指,目测了日军炮楼和自己所处的距离,有五百多米。他端起狙击步枪,瞄准着。

"阿强,有把握吗?"羊展鹏蹲在他身边,问道。

"小菜一碟。"羊展强说。

"砰"一声枪响,探照灯灭了。

敌方阵地一片漆黑,人声混杂,日军架起机枪,一阵乱射。

孔明灯飞临钓鱼岭上空,早已潜伏在敌军前沿阵地密林四周的羊家兵,用步枪一起射向孔明灯。孔明灯主要是纸糊的,被子弹射中后,纸就破了,空气对流不平衡,就自然倾斜,坠落燃烧了。

一个个孔明灯炸向地面,柴油、炸药和鞭炮组合的威力绝不亚于燃烧弹;它从空中坠下,承载着一定重量,又触发了地面上的地雷。霎时,鞭炮声、爆炸声此起彼伏。战壕、碉堡、炮楼,地面的树木杂草,一起燃烧起来,到处火光一片。火借风势,风增火威,熊熊烈火卷起阵阵旋风,又使得火区不断扩大、延伸……

有日军来不及躲藏的,被火烧得东跑西窜,满地打滚;有的被从天而降的柴油淋着,全身冒火,如同烤鸭,在地上痛苦地翻滚。日军不知是计,以为羊家兵发起冲锋,炮楼和碉堡的火力,四处扫射。

阵地前,羊村长把缴获日军的轻重武器全部隐藏在树林里。他要以其之矛,攻其之盾。

"敌军的火力目标暴露出来了,子弟们,瞄准敌人枪口开火!"顿时,阵地上硝烟弥漫,火光冲天,鬼哭狼嚎……

经过孔明灯和羊家兵的一阵火力攻势,战壕和外围的敌人不是死的就是伤的,幸存者全部龟缩到炮楼和碉堡里负隅抵抗。

羊展鹏说:"阿强,我们去救人。你瞄准炮楼和碉堡的敌人,一旦我们被发现,就用火力做掩护。"

"明白!"羊展强说。

羊展鹏带领四五个兄弟,乘着混乱之际,以战壕做掩护,匍匐靠近了敌方炮楼。

"你们埋伏在这里做掩护,我去救人!"羊展鹏说。

他猫着腰,利用战场上火光的照明,跑到距离铁匠的地方只有五六米远的一棵椰子树下,停了下来。

他要确认自己没被敌人发现,才敢去救人。否则,日本兵来个一刀切,反而害了他们的性命。日本兵的目的,是垂钓他们这些羊家兵鱼儿上钩。他看见兄弟几个暂时没有生命危险,悄声喊道:"铁匠哥,振民,展鹰!"

铁匠三个人循声而望,发现羊展鹏来营救他们,不禁高兴起来。

一发照明弹腾空而起,照亮了半边天。

炮楼里的敌人发现了这个不速之客的意图。"嗒嗒嗒",被称为"啄木鸟"的92式重机枪打出三发子弹,打得地上尘土飞扬。其中一发子弹,打在石头上,子弹"嗖"的一声,带着一束光,冲向云端……

羊展强看得仔细,往枪膛里压上一发子弹,瞄准,扣动扳机,子弹破膛而出。只听得远处一声闷响,炮楼的机枪哑了。

羊展鹏一秒钟都不敢耽误，一个冲刺，跑到铁匠跟前，操起钢丝钳，三两下就把铁丝网剪开一个大洞，"快，兄弟们，快撤！"

铁匠三人慌忙从洞口钻出来，离开椰子树，才跑出几步，"啄木鸟"的声音又怒吼起来。

桥木带着五六个日本兵，从炮楼里冲出。他们一边射击，一边叽里咕噜地喊着追了过来。情况十分危急，羊展鹏推开铁匠等人，喊道："你们快撤，我掩护！"

赤手空拳的三兄弟，只好顺着旁边的一条战壕往回撤了。

一个孔明灯从天而降，恰好砸在刚才那棵椰子树上，燃烧起来……

"好险啊，幸亏撤退及时。"羊展鹏自忖着。

他躲在一块岩石后面，透过烟雾，瞄准着跑在最前面的日本兵。汤普森冲锋枪一梭子弹射出，一个日本兵一头栽倒在地，其余的还在亡命地往前追赶。炮楼的敌人发现他的位置，用火力压制他，他只能趴在那里，动弹不得。

羊展强看到三兄弟获救了，又看见他们被日本兵追打，迅速装弹，"嗖"的一声响，子弹直奔炮楼而去，机枪又哑了。

碉堡里的机枪却响了。

躲藏在岩石后面的羊展鹏，急中生智，急忙把衣服脱了，找块石头包住，往外一抛；日本兵以为他逃跑，子弹纷纷扫射过来，打得那件衣服像马蜂窝一样。

他想，幸亏自己没有贸然行动，否则，小命就丢了。阿爸说过，行军打仗，不仅要勇敢，也要机智灵活。尽量避免无谓的死伤。一味蛮干，是不可取的。

瓯江船殇

敌人越来越近，羊展鹏再扣扳机，枪不响，子弹打完了。猛然想起父亲在他临走时送的那把驳壳枪，迅速从腰间掏出来，射出一串子弹，敌人应声倒地。这时，从他身后传来一阵猛烈的枪声，是羊村长派出的后续增援小队及时赶到。几个日本兵被斜刺里冲出的这股兵力杀个措手不及，纷纷躲藏起来。

众人撤到安全地带，阵地上，孔明灯还在枪声中相继坠落。把天空和地面都变成了一片火海。远远都感觉到火焰的热度，烤得肌肤发烫，刺激着眼睛，让人不敢直视。

"振民，你们受苦了！"羊展鹏坐在地上，从腰间解下一袋中草药，说，"这药是阿爸前天派人上山采的治疗跌打损伤的中草药。"他边说边掀起陈振民的裤脚，发现大腿已用纱布包裹着。

"多亏那个翻译官，看我大腿发炎红肿，拿了一些药给我敷上。否则，这腿早废了。此事，还要感谢他，他是一个好人！"陈振民说，"这些天我们不在，大家可好？"

"大家好是好，只是整天提心吊胆你们的安全。"羊展鹏说，"鹭妹是寝不安，食无味。"

陈振民还想说什么，但喉咙像被什么东西堵住，紧闭着嘴唇，讲不出话来。他眼眶红红的，不禁流下泪来。人说男儿有泪不轻弹，只是未到伤心处。

羊展鹏递给陈振民一个槟榔，陈振民眼前一亮，说："很久没吃槟榔，心里痒死了。还是鹏哥了解我！"说着，就把整个槟榔塞进嘴里。

"我只是顺水人情，是别人叫我带的。我就纳闷，你振民这家伙，是哪辈子修来的福分，找到我们羊家最好的姑娘！"

两人正说着话，桥木少尉带领十几个日本兵又往这边扑过来。几束手电筒光晃来晃去，他们分明不想善罢甘休，非要抓获羊家兵不可。

"来得正好，我正要找你们算账呢！"陈振民抓起一把枪，一串子弹喷发着火舌横扫过去，日本兵急忙趴在地上不敢动弹。

现在，羊展鹏的队伍里增加了陈振民、铁匠、羊展鹰，还有这增援小队的十几名羊家兵，论兵力共有二十几人，根本不把这十几个日本兵放在眼里，各自拿起武器，猛烈反击。此一时彼一时，营救慰安妇的时候，是寡不敌众，可如今是今非昔比了！

没一会儿，日本兵逃回炮楼里去了。

二十九

羊展鹏把大伙叫唤到跟前，说："现在，我们去把这座该死的炮楼炸掉！"

队伍里闪出两名爆破手，腋窝下各挟着一个炸药包，说："请鹏哥发令！"

"好，我们掩护！"羊展鹏说，"大家注意，子弹往冒火光的敌人洞口打！"

爆破手一阵小跑，时而弯着腰冲几步，时而趴下。临近炮楼十几米处，"嘭"一声响，一发照明弹腾空而起，把地面照得如同白昼。从碉堡的黑暗处射出几束火舌，爆破手中弹了。

同时，羊展强的狙击枪响了，碉堡里的机枪不叫了。

另外一名爆破手，吸取了前面队友的经验，几次躲避敌人的火力。忽然又从一个暗堡，喷出一串火光，爆破手趴下了。一会儿，他挣扎着爬起来，又射来几发子弹，他躺在血泊中。

羊展鹏目睹着两名兄弟阵亡，愤怒的双眼如灼热的烈火在喷发。他咬紧牙关，说："明火可打，暗箭难防。你们两个去炸碉堡，我去炸炮楼！"他猛然从掩体里冲上阵地。

他趴在地上，用肘部支撑着身体在草地上爬行。有些草皮被孔明灯烧过，还冒着火苗，他咬着牙关，从这滚烫的地面艰难地爬过去。他每前进几步，都注意观察四周动静……终于，他爬到兄弟的尸体旁边，从他的手中接过炸药包。

敌人的炮楼就在几步远的地方，却像一道天然的鸿沟和陷阱。稍有不慎，必定身毁人亡。他想起刚才使用过的那一招，把自己剩余的衣服脱下来，用石块包住，扔向空中。可是出乎他的意料，没有任何枪响和反应。他想，是不是日本兵被打光了？还是没发现？或者是日本兵中了上次之计，学聪明，不再上当了？

他忽然想起，那次搭救慰安妇，所见暗堡的布置情况。

此刻，他不敢贸然行事，一旦炮楼炸不成功，还会让更多的兄弟牺牲。所以，他这次行动，必须成功，不能失败。

他想再试一次，但上身已光膀，只能脱裤子，没有更好的主意。他想：幸亏在夜里，黑暗中没人看见。换作平时，不让那班兄弟姐妹笑掉大牙才怪呢。打日本兵为了保命，打到这个份上，也是无奈中的明智之举。他把裤子脱掉，把裤脚打个结，捡几块石头塞进去，像扔手榴弹一样抛了出去。这一次，日本兵果然中计，裤子瞬间被子弹打穿几个大洞。

与此同时，羊展强和兄弟们的枪声清脆地从他耳边响起。

一个兄弟爬到碉堡洞口，往里扔进一颗手榴弹。一声闷响，从洞口冒出几道烟雾。有个日本兵烧着了,挣扎着跑出来,被羊家兵一枪毙了。

他马上抓住这个有利时机,抱着炸药包,从地面滚到炮楼脚下。他喘口气,迅速把炸药包贴在炮楼的基座上,点燃导火线,反身就跑。少顷,身后传来一声巨大的爆炸声,一股浓烟冲天而起,碎片四处飞散。炮楼底部被炸出一个大洞,顶部也坍塌了下来。

羊展强从后背抽出弓箭,一支响箭在远处的空中爆响了。

羊村长看见羊家子弟已获救、炮楼已炸的信号,大局已定,胜券在握,再次命令各种大小炮轰击日军前沿阵地。那三门土炮,事先已经把炮筒和炮架分别安排人手扛上山,隐藏在树林里。一声令下,一发发炮弹飞向敌人阵地。

羊村长把这个宝贝留在最关键的时候使用,是为了让它大显身手。

敌人前沿阵地的地雷在炮火中纷纷被引爆起火,炸出了一大片通道。

"嘟——嘟——嘟"大角螺的冲锋号吹响了,几百个羊家兵跃出掩体,"冲啊!"的喊叫声震天动地;形成排山倒海之势,怒吼地冲向敌人阵地。

战斗正酣,探哨来报,大路上发现一支部队正往这边急行军。

羊村长猛然一惊,难道是符策力他们寡不敌众,被敌人消灭?他正在考虑对策,又有探哨来报,这支队伍是红梅山游击队的人马。果然不久,符策力带领的部队凯旋了。

羊村长快步迎上前去。符策力说:"日本兵两卡车的增援部队,被我们干掉了一半,其余的逃跑了!真痛快!"

两股兵马和火力合二为一,其势锐不可当。

炮楼里,大田一郎跪在地上,孤独一人,神情沮丧。他瞅着顶部已坍塌的炮楼,和远处火光四起的战场,自知大势已去。他解开军服,抽出指挥刀,对准腹部,双手尽力一压,歪倒在地上。

他剖腹自杀了。

三十

东方的地平线开始明朗起来,深灰色的天空,逐渐泛白变红,几朵朝霞烘托着一团拱形的火球从海平面冒出来,缓缓变成圆球——太阳出来了!

羊玉鹭看见陈振民和两兄弟披着阳光走过来,飞跑过去,和他们拥抱在一起。

羊展鹰把石翻译官引见给父亲,就搭救他们三人之事讲了一遍。

羊村长握着石翻译官的手,笑道:"石翻译官果然仗义,让人肃然起敬,感谢你!"

石翻译官说:"不用谢,我应该做的!"

铁匠提起石翻译官家属的事,羊村长听了,当即吩咐羊展鹏带上两个兄弟,去一趟海口,找老同学郭显勇帮忙,把石翻译官家属带到羊家村。石翻译官告诉他们家住地址,正巧有人牵着几匹缴获的日军战马过来。

三个人跨上马,奔驰而去。

石翻译官双手合掌，微闭着眼，默默祈祷。

羊村长从腰间拿出那把水烟壶，把水烟点着，猛吸一口，把烟雾全部吐了出来，似乎有一种淋漓尽致、扬眉吐气的感觉。

路边押送过来十几个垂头丧气的俘虏，羊村长指着其中一个肩上佩戴军衔的日军，问石翻译官："他是谁？"

"他是桥木中尉。"石翻译官说，"就是他枪杀了羊老爷子和燕子。"

羊展鹰听见是这个日本兵杀害了爷爷和妹妹，气得两眼冒火，二话没说，抄起枪就射击。

羊村长及时把枪口挡开，子弹射偏了。羊展鹰还想打第二枪，羊村长制止了。

"阿爸，这个日本兵不杀他，我咽不下这口气！"

"当然要杀他，我们还要杀更多的日本兵！"

桥木被羊展鹰的举动吓得双脚发抖，战战兢兢地问石翻译官："此人就是羊家兵的司令长官？"

石翻译官纠正道："他不是司令长官，他是村长！"

"请转告他，我对他本人的敬意！输在他手下，我心服口服！羊家村，全民皆兵！"桥木在历次与羊家兵作战中，并没有占上风，而且屡遭挫折，至今想起，还心有余悸。

羊村长笑道："中国有句俗话，叫作'自作孽，不可活；天作孽，犹可违'。等待你们的必将是历史严厉的审判和惩罚！"

俘虏队伍里，不见松井军曹。后来在清理战场中，发现他已被乱枪打死。

两天后，羊展鹏等人带着石翻译官的家属安全回到了羊家村。

陈振民和羊玉鹭，手捧着凤凰花，来到拓磖岭的半山腰。

一排排墓碑，看了让人悲戚心痛。两人在爷爷和燕子的石碑前献了鲜花，跪拜，以慰先灵。心中默默祈祷，从此不再有枪声，不再有杀戮。

放眼望去，羊家村被青山绿水所拥抱，道道炊烟袅袅升起，一群白鹭飞过了那片树林。拓磖河和钓鱼河，犹如两条玉带流向大海……

羊玉鹭抚摸着肚子，她已身怀有孕。希望自己的孩子，将来生活在一个祥和的环境里……

据史料记载，为了掠夺海南矿产资源，日寇先后从上海、广州、香港、澳门、汕头、厦门及海南岛各地，抓来大批劳工，共达4万余人。分在矿山、电站、码头、铁路做苦工。到日本投降时，仅幸存5803人。运往日本的富铁矿有41万吨。1972年中日建交后，有位来华访问的日本首相，提出欲购买海南石磖铁矿，中方坚决不卖。

本文中提到台籍日本兵山潭少尉（化名）在钓鱼岭和陈振民不期而遇，就带着陈振民的妹妹小兰离开羊家村到黎村，两人生活在一起。半年后，日本兵在一次行动中偶然发现他，威逼他参加一些工程建设。后来，他以工程师身份，参加一些大工程建设，比如海南南渡江铁桥、海口机场、石磖铁矿至三亚的铁路等。日本战败投降，他选择留下来。新中国成立后，他为海南的经济建设做了一份应有的贡献。

征 地

学校放暑假了。

我提着一件行李，赶到汽车站乘坐大巴。一路上颠簸，花了一个多小时，七弯八拐地到达县城。又改乘一趟公交车，到家时，太阳都快下山了。

阿爸阿妈特意杀了一只鸡，算是欢迎我这个学子归来。吃饭时，阿爸对我说："昨天，光叔向我谈起一件事，说是内部消息。我们这个黎村，将要修建动车道，还设立一个停车站。"

"哦，这是好事！"听了这话，我一时来了兴趣，"动车站建在这边，车来人往，今后我们这里可热闹了。还能做点小买卖，赚点钱。"

阿爸点燃水烟筒，吸了一口说："记得十年前，高速公路征地，征用很多地皮，我们也得到一笔赔偿款。多年老旧茅草屋拆了，盖了现在这个简陋砖瓦房。这次，我想盖个钢筋水泥的大房子。你哥为什么不常回家，就是因为没有地方给媳妇孙子住。做阿爸的脸上无光啊！"

阿哥上到高中一年级，就瞒着阿爸外出打工赚钱。阿爸听说后，恨不得抓住阿哥揍一顿屁股。目前，村里所有十六岁以上的年轻人，全都出去打工赚钱，只剩下老人和儿童。跑出去打工的黎哥苗妹，也都选择在县城和市里，不愿回村了。

"光叔说，一亩地算下来，征地款和禾苗款，大约赔偿二十万。砖瓦房每平方米赔偿九百元，水泥平房每平方米赔偿一千二百五十元，坟墓一个赔偿四千元。还有槟榔、杧果树每棵按大小赔偿九十元到三百元。会吵闹的多赔一些。"就像这笔钱马上要到手一样，阿爸憨笑着说，"我粗算一下，如果不出差错，我们可得三十余万。盖个三层楼，没问题。你们兄弟各一层，楼下给我们住，你阿妈手脚不灵便。"

听了阿爸的话，忽然间我觉得很感动。他年纪这般大了，还为我们这么操心，我慌忙扭过头去，把泪水擦掉。

阿爸才五十多岁，却显得格外苍老。胡子、眉毛、头发都白了。整天穿着那套黑衣服，戴着草笠，经常脚不穿鞋，要穿也仅是一双老式的解放鞋。只有逢年过节，才舍得把那双皮鞋，从床底下的纸盒里拿出来穿几天。脸被烈日晒得黝黑，皱纹在头额留下一道道印痕，犹如刚犁过的田。他个子不高，还有点瘦，但双臂很有力。家门口那几亩水稻，房前屋后的槟榔、杧果树，以及那十几只山羊，都是他一个人打理照料。

"阿爸，你不要这么辛苦。现在我们可以自食其力。如果这次征地赔偿款拿回来，你就留着，我们自己挣钱盖房。"讲这话的时候，我明显觉得自己底气不足。姑且不论我还在当学生，就是毕业工作了，依靠那份工资，想要盖一套房子，暂时还不敢奢望。

征 地

"自己挣钱盖房，固然好事。不过，这次听我的话。我这辈子，没文化、没水平，也没什么大出息。能盖个像样的房子给你们，也算是我和你阿妈的一个心愿。"稍后，阿爸说，"这样吧，我们现在就去找光叔，请他预算一下，盖房到底需要多少钱。"

村里有支工程队，光叔组织了七八个人，自己当工头。才走几分钟，只见光叔从自家屋里搬出许多箱子衣柜等杂物，直往一辆小货车上面装。光叔看见我们登门造访，放下手中活过来招呼，搬过几张木凳子，坐在一棵酸豆树下，边乘凉边聊了起来。

一只小狗从一棵莲雾树下跑过来，温顺地蹲在光叔的脚边，几只母鸡在杧果树上咯咯地叫唤着……

阿爸递给光叔一支烟，阿爸问光叔为何要搬家。他说，快要拆迁了，正好娘家有房就先住，免得到时慌乱。两人又谈了一些拆迁补偿的事。

光叔说："陈哥，听上面的人讲，我们村里这二十几户要集体搬迁。政府划出一块地，按人头给大家一份地基，自个儿盖房子。"

阿爸说："这也好，往后我们还做邻居，喝山兰酒也有伴儿。"

光叔说："对，等盖了新房，我们要好好乐几天，一醉方休！"

在村里，阿爸和光叔是最要好的兄弟。想当年上山打猎，阿爸还带着他。在一次狩猎中，曾经救过他一命。当时光叔发现野猪，打了一枪，子弹射偏了。野猪性起，瞪着血眼冲向光叔。阿爸及时赶到，用长铳补上一枪，野猪逃跑，光叔得救。尔后，遇上什么好事，光叔必留我家一份。阿爸的话，他也言听计从。前些年，封山育林，阿爸劝他不要打猎。光叔就改行做起了小工头，揽些土建工程做，还算顺手。

"实说吧，我也想盖个三层楼，每层约一百二十平方米，你看行不？"

"你有两个儿子，又有媳妇孙子。再说阿鹏也大了，你早就该盖新房了。"光叔心里默算着，许久才说，"从挖掘地基、平整土地、钢筋水泥、人手费用等，按造价六百五十元，三百六十平方米约要二十三万元。"

阿爸听着，若有所思地："好，我心中有数了。"

光叔说："这是盖房子的费用，装修还没算。"

阿爸说："你再帮我算算。"说着慌忙又敬上一支烟。

光叔摆摆手，示意别客气，随即从一个包里掏出计算器，然后就把涂料、门窗铝材、开关插座、水电安装等材料费用在计算器上飞快点击运算着。

他抬起头来说："装修，现在都是包工包料，或者是包工不包料。按情况分为三档：低档中档高档，由你选择。我现在是按中档来计算。约三百一十五元一平方米，你三百六十平方米，需要十一万三千四百元。到时，再给您个优惠价，也要十一万元。"

阿爸点点头表示谢意，起身准备离开，说："我们再去镇里了解家具、电视机、冰箱什么的。"

光叔说："我正好也要往镇里跑，就坐我们的顺风车吧。"

从镇里回家天色已晚了，村里挨家挨户都亮起了灯，阿妈还在等待我们吃饭。经过一天的奔跑，阿爸显然有些累了。阿爸吃了饭,坐在桌子边,摸出水烟吸着,皱起眉头:"其实,我和你阿妈住在这个老房子,还是比较舒服。每天开门,门口一看就是油绿稻田;春节那阵子,木棉花一棵又一棵红成一片;前面那条大水沟,时不时还可以抓捞一些鱼虾;山上还可以放羊。这地方好,我舍不得,不想搬走。"

"我家这个砖瓦房,应该有十几年了吧。房子又矮又窄,光线也差。每逢下大雨还会漏水,是该拆了。"我拿枚槟榔,用小刀切成四片,取一片和着白灰荖叶,塞进嘴里嚼起来。少顷,额头上渗出丝丝细汗。

"不过,话说回来,趁着这次机会把它拆了也好,盖个大房子。"阿爸说,"阿鹏,我估算,房子可以盖起来,装修费也是有点困难。购买家具什么的,就没钱了。"

"我和阿哥商量,看看能不能把这笔钱凑起来。要不向银行贷款?或向亲戚朋友借一点?人常说,盖房子多少钱,装修购买家电同样也要花费那么多钱。我利用这个假期,去市里找份工,赚一点。"我说。

"你们出钱出力都是好事。"阿爸说,"我倒有个办法。前几天,我听了光叔的话,在那块地上,新栽种了二三十棵槟榔苗——"阿爸欲言又止。看得出来,他的内心很矛盾和纠结,似乎有某种东西在相互争斗。

我多少明白阿爸的心思,但也不愿挑明。阿爸抽了几口烟,有烟丝末儿沾在唇边,就用手背一抹,算是擦嘴,拿起锄头,去后门了。地上,摆放着几捆从其他地方移植过来的几十棵槟榔苗和杧果树苗。他嘴里嘀咕着,不知说些什么,听不清楚。

"阿爸，你还有什么话，尽管说吧！"讲了半天，我觉得阿爸还是把最重要的事情憋在心里，没有说出来。

"这样吧，"阿爸似乎下了很大决心，提高嗓门，"你跟我来，到田地里看看，就明白了。"

月光下，村边那一大片空旷之地——动车站准备征用的地方。平时这里属于村外，很少有人来往，一片荒凉，杂草丛生。现在一时聚集了几十人，分别在自己那块私有地上忙活着，有种树的，有挖坑的，也有盖砖瓦房的，干得热火朝天……

此刻，我什么都明白了。为什么阿爸不多说话？也许他不知道该怎么说，也许他根本就说不出口。

"阿鹏，我也跟别人一样，抢种了一些槟榔树苗。本来，我还想多栽，觉得不就是为了多赔一点钱，添点家用。后来，想来想去——"阿爸停顿片刻，才说，"想来想去，还是不种了。哪怕被人取笑我是傻瓜，是笨蛋，也无所谓。大不了，我们把房子先盖起来，装修买家电先搁一搁，待明年再多放养一二十只山羊，盼个水稻、槟榔、杧果有好收成，不就行了吗？问题不就解决啦！"说完，他笑了，拍拍我的肩膀，"这样，阿爸的心里才踏实！"

阿爸默默地走过去，在众人的注目礼下，把前几天刚种下的那些槟榔树苗，一一拔了出来。光叔和村民看见这种情景，一时发愣，停下手里的活儿，问道："陈哥，你怎么啦？"

阿爸笑了笑，摇摇头，转身就走了，身后留下一双双困惑又惊讶的目光……

后 记

十几年前,三亚市黄流镇的一名中国国民党革命委员会党员告诉我一件事。当年抗日战争时期,一名日军司令长官江波虎(译名),在视察海南最大的日军黄流机场时,半路上被一名黎族小伙子用自制的短火铳射杀身亡。第二天,事发地点附近的官房村,一百多名村民惨遭日军杀害,并被抛进水井里掩埋。这件事对我刺激很大,让我有了写作的冲动。

花了几个月时间,完成了七八万字,就是这个中篇小说《血染拓砾河》。无处发表,只好借助搜狐网一方宝地刊登。被网友收藏两三百次,点击率有七八万。在广西桂林市外宣办工作的朋友吕建伟先生看到了,把它推荐给《广西日报》网络版,全文发表。

后来这篇文稿,让我每过几年便修改一遍,头尾算起来有十二年,共修改了四五遍。还参考了许多历史文献,参观了海南省几处革命纪念馆,让文章的内容得以更真实,更贴近当时的生活。

写中篇小说《瓯江船殇》的起因,是几年前我还在创作小说《阿柳》一书时,邱国鹰老师给我发来用手机拍的一幅照片。文

瓯江船殇

字内容是抗日战争时期，日军抓来大小船只三十余艘，满载石块，凿沉在温州瓯江口附近海域，设桅礁企图阻止来往船只通行。洞头解放后，一艘运送解放军战士和家属的渔船经过该航道时，不幸触礁沉没了，死了几十人。这个信息一直深藏在我的脑海里。去年正好有空，又上网搜查了相关资料，便把它写了下来。让我们记住这段沉甸甸的历史。

《让子弹消失》灵感的产生，来自今年洞头解放七十周年的前几天，和好友张志强一起去胜利岙采访一位九十多岁的老人。他讲起当年解放军解放洞头，在棺材岙（现称胜利岙）的战斗中，被国民党军抓去扛子弹。战斗结束后，他把这些子弹掩埋了。

《征地》这个短篇，取材于三亚的一个真实事件。动车要通过村庄，要建铁路，许多人想着法子多要一点征地款。阿爸到底在这次征地中，做出了那些举动？

我写文章，必须有生活素材做基础，否则，随意杜撰不出来，写起来也不真实，既不打动自己，也难以感动别人。唯有来源于生活，高于生活，才能写出好作品。

在这里，感谢洞头区文联、洞头区作家协会、好友施立松等，让我有机会参加"蓝土地文库·第九辑"征文活动，让拙作得以出版发表。感谢邱国鹰老师、张志强先生、吕建伟先生；感谢杜光辉老师为本书作序。

因本人创作水平有限，文中难免有许多不足和瑕疵，望各位老师和读者指正。

2022 年 10 月 12 日于三亚